Mi gran amor

SARAH
DUNN

Mi gran amor

Traducción de Cristina Macía

Círculo de Lectores

Para mis padres
Joe y Carolyn
y Pete

y para David

1

Para ser justa con él, tengo que decir que no había manera de que Tom me dejara y yo me sintiera bien. Lo que pasa es que no estoy de humor para ser justa con él, así que, como mucho, haré lo posible por ser precisa. Fue el último fin de semana de septiembre. Habíamos organizado una cena. Los invitados estaban a punto de llegar. Me quedé sin mostaza de Dijon, imprescindible para la salsa del pollo, así que mandé a mi novio Tom –mi «novio residente», como lo llamaba siempre mi madre– a la tienda, para que comprara un tarro. «Que no sea de la picante» estoy casi segura que le dije, porque una de las invitadas era Bonnie, mi mejor amiga, que en aquel momento estaba embarazada de siete meses, y la comida picante la hace sudar más de lo habitual; me pareció que lo que menos falta hacía en la cena era una mujer con una barriga enorme y las axilas de la ropa empapadas. Luego resultó que no, que no era eso lo que menos falta hacía en la cena. Lo que menos falta hacía es lo que pasó: al cabo de una hora de haberse marchado, Tom me llamó desde una cabina para decirme que empezara sin él, que no iba a volver, que no había comprado la mostaza y que, por cierto, estaba enamorado de otra.

¡Y teníamos invitados! Según la educación que he recibido, cuando se tienen invitados no se hace nada extraño o grosero, ni siquiera remotamente humano. Por eso hice lo que hice. Con toda tranquilidad, asomé la cabeza a la sala de estar y llamé a mi amiga.

–Bonnie, ¿te importa venir a la cocina un momento?

Bonnie entró en la cocina con paso torpe.

–¿Dónde está Tom? –preguntó.

–No va a venir –dije.

–¿Por qué?

–No lo sé.

–¿Cómo que no lo sabes?

–Me ha dicho que no va a venir a casa. Creo que acaba de romper conmigo.

–¿Qué? ¿Por teléfono? Es imposible –dijo Bonnie–. ¿Qué te dijo, exactamente?

Se lo conté.

–Dios mío, ¿de verdad te ha dicho eso? ¿Estás segura?

Me eché a llorar.

–Pero bueno, esto es intolerable. –Bonnie me abrazó con todas sus fuerzas–. Es imperdonable.

Imperdonable, desde luego. Por lo que a mí respectaba, lo más imperdonable de todo no era sólo que Tom hubiera puesto fin a nuestra relación de cuatro años sin previo aviso, o que lo hubiera hecho por teléfono, ni siquiera que lo hiciera en mitad de una cena, sino que encima había colgado sin darme la oportunidad de decir ni una sola palabra. Eso, para mí, era casi inconcebible. En cambio, según la opinión de Bonnie, lo imperdonable era que aquello no era más que una estratagema de Tom para no tener que proponerme matrimonio a corto plazo. Me expuso esta teoría mientras todavía me abrazaba, pensando que con eso me tranquilizaría.

–Los hombres hacen lo que sea para evitar el matrimonio –me dijo–. No le encuentran la gracia. –Me acarició el pelo–. Miran a sus amigos casados y les parecen derrotados.

Como si lo acabaran de llamar a escena, en aquel momento entró en la cocina Larry, el marido de Bonnie, con un paño de cocina a rayas colgado de la cintura y dos fuentes de pollo al Marsala en las manos. Larry estaba orgullosísimo de su éxito con el pollo. Al ver que Tom no llegaba con la mostaza, se le ocurrió la idea del Marsala y preparó la salsa con los champiñones que sacó de la ensalada. Podría contarles muchas cosas sobre Larry. Cuando aún era novio de Bonnie la engañó, la engañó a diestro y siniestro, pero allí estaba ahora, padre de dos hijos, cocinero de pollo al Marsala, la viva imagen de la tranquilidad doméstica. Tal vez fuera un hombre derrotado, pero era un hombre derrotado y fiel.

–Tom no va a venir –dijo Bonnie a Larry–. Dice que está enamorado de otra.

–¿De quién? –preguntó Larry.

Yo sabía de quién estaba enamorado, claro. Ni siquiera me había molestado en preguntárselo. Estaba enamorado de Kate Pearce. ¡Y yo lo sabía! ¡Lo sabía! Bonnie también lo sabía, se le notaba en la cara. De hecho, ella y yo habíamos hablado mucho sobre Kate, la antigua novia de Tom en sus tiempos de universidad, sobre todo desde que lo invitó al primero de lo que luego se convirtió en una serie de almuerzos amistosos, hecho que coincidió con la adquisición por parte de Bonnie de un teléfono inalámbrico manos libres en forma de cascos. Si menciono el manos libres es sólo porque, desde que lo compró, Bonnie se dedicaba casi en exclusiva a hablar por teléfono.

–Anoche, mientras ponían *Nightline*, Tom empezó a hacer abdominales –le comenté a Bonnie durante una de nuestras conversaciones telefónicas–. ¿Por qué crees que será?

–Por nada –respondió Bonnie.

–Pues yo no me creo que alguien empiece a hacer abdominales de un día para otro y no sea por nada.

–Hace unas semanas pusieron *Rocky* en la TNT y al día siguiente Larry instaló su equipo de pesas en el garaje, así que podría ser por nada.

–¿Te ha dicho de quién? –me preguntó Larry. Dejó el pollo al Marsala sobre la encimera de la cocina–. ¿Te ha dicho de quién está enamorado?

–Está enamorado de Kate Pearce –respondí. Decir en voz alta una frase como aquélla me resultó doloroso, increíblemente doloroso. Me senté a la mesa de la cocina y enseguida rectifiqué–: Bueno, cree que está enamorado de ella.

–Seguro que no es más que una aventura –apuntó Bonnie.

–¿Y eso está permitido? –preguntó Larry.

–Claro que no –replicó ella–. Lo que quiero decir es que se le pasará enseguida.

–Tú no la conoces –dije–. Es muy guapa.

–Tú también eres muy guapa –dijo Bonnie.

Estiró el brazo sobre la mesa para darme unas palmaditas en la mano, con lo que consiguió que no me sintiera ni remotamente guapa. A ninguna mujer guapa le dan palmaditas al tiempo que le dicen lo guapa que es. Simplemente no hace falta.

Mi amiga Cordelia entró en la cocina para ver qué pasaba, y en cuanto la vi me eché a llorar otra vez. Cordelia también rompió a llorar. Me levanté y allí nos quedamos las dos, de pie sobre el sintasol gris de la cocina durante lo que pareció una eternidad, abrazadas como se abrazan dos personas que acaban de perder a un familiar. Sólo mucho más adelante me enteré de que en aquel momento Cordelia pensó que mis lágrimas tenían que ver con un familiar muerto y que, si hubiera sabido lo que pasaba en realidad, no habría llorado tanto, ni mucho menos. Tiene una actitud muy filosófica en lo que respecta a los asuntos del corazón, tan filosófica como sólo la puede tener una persona que ya ha estado casada y no tiene la menor intención de volver a casarse. El ex marido de Cordelia se había vuelto loco dieciocho meses después del día de la boda, aunque ella decía siempre que debería haberse dado cuenta mucho antes de que no estaba en sus cabales, con todos sus picores, sus llantinas y su manera de hiperventilar. En realidad aquellos primeros días acabaron por parecer la edad de oro de la estabilidad mental comparado con lo que vino después, e incluso ahora, pasados ya cinco años de su divorcio. Cordelia seguía recibiendo de cuando en cuando una llamada de alguien que había visto cómo su ex se quitaba los pantalones por la ventana en *Good Morning, America*, o cómo patinaba por Fairmount Park sin más ropa que unos calcetines y un gorro de Santa Claus. Últimamente ya se lo toma a risa. Bueno, reír, lo que es reír, no se ríe, pero tiene un buen repertorio de chistes sobre ex maridos locos que cuenta cuando está de humor. Por ejemplo, Cordelia asegura que lo peor de tener un ex marido loco es intentar contar a los demás que tu ex marido está loco, porque nadie te cree: todas dicen que sus ex maridos están locos. Hay que empezar a dar detalles y más detalles sobre su locura, hasta que al final el interlocutor te mira con cara de entender y dice «¡Ah, así que tu ex está loco de verdad!».

–Pues no puede ser, no puede cortar contigo por teléfono –dijo Cordelia después de que Bonnie le contara lo que pasaba–. Vivís juntos. Tenéis un sofá a medias.

–Esto no te lo había dicho nunca –me dijo Bonnie–, pero siempre he odiado ese sofá.

–Lo eligió Tom –expliqué. Aquello hizo que me echara a llorar de nuevo–. Yo no quería que tuviera la sensación de que al venir a vivir conmigo ya no podía seguir eligiendo los sofás.

–Ese sofá –le dijo Bonnie a Larry– es el motivo de que no te deje elegir sofás.

Un poco más tarde, Bonnie salió al cuarto de estar y mandó a su casa al resto de los invitados. Después, entre Larry y ella limpiaron la cocina, para que al despertarme no me tuviera que enfrentar a un montón de platos sucios. Luego Cordelia me metió en la cama con una botella de vino. Le dije que prefería quedarme sola, y por fin los tres se marcharon.

Debería dejar constancia de que mi primer pensamiento después de colgar el teléfono tras la conversación con Tom fue que lo del anillo había sido un error. Esto es lo que había pasado: unos meses antes había visto en una revista la foto de un anillo de compromiso que me gustó mucho. Me avergüenza reconocer que la recorté, y más vergüenza todavía me da decir que se la metí a Tom en el maletín mientras se estaba duchando. No tenía intención de que saliera corriendo a comprar el anillo al día siguiente, pero pensaba que no le iría mal tener el dato archivado, para utilizarlo en algún momento de un futuro indeterminado. Cuando Larry le preguntó a Bonnie cómo le gustaban los anillos de compromiso, ella le dijo que no quería un solitario, que prefería algo diferente, y él respondió «vale, algo diferente, yo me encargo». De repente Bonnie tuvo una visión de lo que sucedería si se encargaba él (hay que tener en cuenta que Larry es quien, en cierta ocasión, colgó con grapas dos toallas marrones en la ventana del dormitorio y las dejó ahí durante cuatro años), de manera que cogió una servilleta de papel, dibujó una gran alianza de diamantes y debajo escribió las palabras «Platino», «Talla doce», «GRANDE» y «PRONTO». Larry, obediente, llevó la servilleta a la joyería, y ahora Bonnie lleva en el dedo algo que parece una tuerca con abundantes chispitas.

Aunque claro, también puede que yo esté exagerando con el tema del anillo, pero es que tengo tendencia a centrarme en un detalle y olvidarme de todo lo demás. Me pasa desde siempre. En preuniversitario cogí una asignatura de dibujo al natural, y al final de la primera sesión de dos horas lo único que había en mi libreta de bocetos era una exquisita reproducción del gigantesco pene incircunciso del modelo. Pero bueno, el caso es que, *evidentemente*, no tendría que haber metido en el maletín de Tom la foto de aquel anillo. *Evidentemente*, debería haberme puesto firme con el tema de Kate desde el principio. Ahora lo veía todo clarísimo. ¡Pero es que ni se me pasó por la cabeza que Tom estuviera teniendo una aventura! Bueno, eso tampoco es cierto. Se me pasaba por la cabeza constantemente, pero siempre que sacaba el tema Tom me aseguraba que era una tontería.

–Así no puedo vivir –me decía–. Si no confías en mí, será mejor que pongamos fin a lo nuestro ahora mismo.

Y se mostraba tan tranquilo y sereno, tan lógico, que yo pensaba: tiene razón, son cosas mías, soy una paranoica, esto me pasa porque mi padre nos abandonó cuando tenía cinco años, yo estaba en plena fase edípica, tengo un miedo irracional al abandono y he de superarlo. Y luego me venían a la cabeza pensamientos como «no aprietes entre los dedos al gorrión, sostenlo en la mano abierta; si vuelve es que era tuyo, si no vuelve es que nunca lo fue». Y me quedaba satisfecha, en pleno estado zen, y trataba de recordar de dónde había salido lo del gorrión y entonces me acordaba de *El principito* de Antoine de Saint-Exupéry, aunque entre ambas cosas no hay más conexión que una especie de obviedad adolescente un tanto bobalicona, lo que a su vez me hacía recordar la posesión más preciada de Tom, una bobalicona camiseta de *El principito* pintada a mano por Kate durante los años de preuniversitario, sí, la misma Kate con la que tanto salía a comer... y así volvía a estar como al principio.

–Mira –le dije en cierta ocasión a Tom, en el transcurso de una de nuestras discusiones acerca de Kate–, no me sienta bien que vayas a comer tan a menudo con una antigua novia.

–Soy perfectamente capaz de seguir siendo amigo de una persona con la que he salido –replicó Tom–. Además, tú sigues siendo amiga de Gil.

–En primer lugar, yo no sigo siendo amiga de Gil –le dije–. En segundo lugar, Gil es homosexual, así que aunque siguiera siendo amiga suya no tendría importancia, porque no le interesa acostarse conmigo. Cuando se acostaba conmigo no le interesaba acostarse conmigo.

–Kate tiene novio –insistió Tom. Puse los ojos en blanco–. André y ella viven juntos –siguió. Yo disimulé un bufido–. No pienso seguir hablando de este tema –concluyó, y se fue a jugar a squash.

Todas aquellas discusiones no servían de mucho. Tom seguía yendo a comer con ella. ¡Hasta quería que yo fuera a comer con ella! Llegó a darle mi número del trabajo.

–Kate te va a llamar la semana que viene. Quiere ir a comer contigo –me dijo.

Me pasé todo el fin de semana dando vueltas a mi plan en la cabeza. Tomé la decisión de no devolverle la llamada. No respondería al teléfono, y cuando recibiera el mensaje no le devolvería la llamada, a ver si pillaba la indirecta. Y adivinen lo que pasó: ¡no llegó a llamarme! En aquel momento debí imaginarme a lo que me enfrentaba. Aunque no hubiera servido de mucho. Cuando una mujer como Kate Pearce decide que quiere a tu novio, no se puede hacer nada para impedirlo.

No estoy diciendo que Tom no tuviera ninguna responsabilidad en el asunto. Ya se lo había advertido yo. «No quiere que seáis solo amigos», le decía. «Las mujeres no actúan así», le decía. «No va a parar hasta que se acueste contigo.» ¡Tom había llegado a hablar de invitarla a la cena de aquella noche! «Es que no tiene muchos amigos», me había dicho. Sí, claro, pensé yo. Primero la invito a una cena, luego intima con mi grupo de amigos y cuando me quiero dar cuenta se está tirando a mi novio. Ya sé cómo funciona esto, pensé. Por desgracia no sabía cómo estaba yendo aquel asunto en concreto, porque Kate se había saltado los preliminares. Ya se estaba tirando a mi novio. ¡Llevaba cinco meses haciéndolo!

–No tenemos sillas suficientes para Kate y para André –le dije a Tom cuando propuso que la invitáramos a la cena.

–Sólo vendría Kate –dijo Tom–. Y yo me sentaré en una silla plegable.

–¿Qué ha sido de André? –quise saber.

–Ya no está con él.

–¿Cómo que ya no está con él?
–Han cortado. Creía que lo sabías.
–¿Cómo lo iba a saber?
Seguro que se están preguntando una cosa: si el asunto llevaba en marcha cinco meses, ¿por qué Tom no se había marchado antes? Pues es una buena pregunta. No estábamos casados. No teníamos hijos. Podría haber roto conmigo, marcharse de casa y luego empezar a salir con Kate, todo ello sin perder el norte en la brújula moral. ¡Pero resultó que Tom no había seguido el orden lógico porque Kate quería ir poco a poco! ¡Y él, claro, no quería asustarla presionándola! Como si Kate fuera un cervatillo en un claro del bosque o algo así. Pero lo más molesto era el motivo por el que Kate quería ir poco a poco. Por lo visto la madre de André estaba enferma, muy enferma (sufría un cáncer de páncreas en estado avanzado), y a Kate no le parecía bien abandonarlo cuando más la necesitaba. De manera que así estaba Tom, a la espera de que la madre de André muriera de cáncer de páncreas y pasara un lapso de tiempo razonable para que Kate le pegara el hachazo a André con la conciencia tranquila, y entonces, sólo entonces, se tomaría él la molestia de romper conmigo. ¡Amigos, tengo treinta y dos años! ¡No me sobra tanto tiempo!

Pero la noche de la mostaza yo no sabía nada de todo esto. Aquella primera noche, lo único que sabía a ciencia cierta era que Tom se había pasado el verano comiendo con su ex novia y que había leído un libro de poemas japoneses sobre la muerte titulado *Poemas japoneses sobre la muerte.* Si no cualquier otra cosa, al menos el asunto de los poemas sobre la muerte tendría que haberme puesto sobre aviso. Una persona que es feliz no lee poemas sobre la muerte, y menos poemas sobre la muerte escritos momentos antes de la defunción de cada uno de los poetas, que de eso iba aquel libro. Resulta que el subtítulo era *Escritos por monjes zen y autores de haikus al borde de la muerte.* Tom se leía unos cuantos poemas de estos cada noche antes de acostarse y luego no estaba de humor para tener relaciones sexuales. A veces hasta me leía alguno en voz alta, cosa que en su momento me pareció muy bonita (Tom y yo nunca habíamos sido de esas parejas que se leen en voz alta el uno al otro, éramos más bien de las del tipo «cuando lo termine lo tienes que leer»), aunque ahora mucho me temo que lo hacía para que yo tampoco estuviera de humor para tener relaciones sexuales. Aquellos poemas eran deprimentes hasta límites inconcebibles. *Como un tronco podrido / casi cubierto por la tierra, mi vida / que no alcanzó a florecer, llega / ahora a su triste fin.*

En fin, el caso es que estaba yo en la cama hojeando el libro de poemas sobre la muerte, bebiendo vino y tratando de no pensar en Tom, ni en Tom y Kate, ni en lo que harían juntos, ni en si lo estarían haciendo en aquel mismo instante, cuando sonó el teléfono.

El corazón me dio un vuelco.

Dejé que saltara el contestador. Era Nina Peeble, una de las que habían estado un rato antes en mi cuarto de estar, que me llamaba desde el móvil.

–Sólo quiero que tengas presente una cosa, Alison –dijo Nina al contestador–. Siempre acaban por volver.

2

Lo último que me dijo Tom aquella noche antes de colgar el teléfono fue «No escribas acerca de esto». Se temía que sintiera la tentación de coger la mostaza, la cena y la llamada de teléfono, convertirlas en setecientas palabras y publicarlas en mi columna semanal. Llevaba escribiendo básicamente la misma columna desde los tiempos de preuniversitaria, pero en el momento en que Tom y yo rompimos se publicaba en un periódico alternativo, *The Philadelphia Times*. *The Philadelphia Times* tenía vocación de ser como *The Village Voice*, una publicación abierta y cultural, sólo que esto es Filadelfia, no Nueva York, lo que pone la cosa bastante difícil. Mi amigo Eric se crió aquí y ahora vive en Manhattan, y siempre dice que Filadelfia es de esas ciudades donde a los locutores de la televisión local se los considera famosos. Eric tiene un montón de frases por el estilo, frases certeras de una manera evidente y fundamental, y a la vez de lo más deprimentes.

De todos modos, como decía, no me imaginaba cómo iba a poder evitar escribir sobre Tom. Tom Hathaway era un personaje recurrente de mi columna, era imposible hacerlo desaparecer de repente, como si tal cosa. Me iba a ver obligada a contar la verdad, cosa que conllevaría varios problemas de índole general y uno muy concreto. Para empezar, no había sido de esas rupturas que dejan a la víctima en muy buen lugar. De eso me había dado cuenta nada más colgar el teléfono. La verdad era que, si no hubiera tenido la sala de estar llena de invitados, con toda probabilidad habría retocado un poquito la historia. Habría hecho que el comportamiento de Tom resultara menos repulsivo, y no para protegerlo, sino para protegerme. Luego estaba la pregunta que surge siempre en este tipo de situaciones, a saber, qué hacía ella (yo) con él (Tom) para empezar. Faltaban demasiadas piezas del rompecabezas, y si resultaba evidente para mí, que era quien había estado viviendo en medio de las piezas del rompecabezas sin saber resolverlo, era fácil suponer cómo lo vería cualquiera desde fuera. Ésos eran los problemas generales. Ahora, el problema concreto: resulta que Tom es abogado y se me ocurrió que, si escribía sobre lo que había sucedido aquella noche después de que él me lo prohibiera, acabaría con una demanda. Conozco a cierto tipo de periodistas que despilfarran un montón de energía preocupándose por si les ponen una demanda, y por lo general sólo son idiotas que se dan demasiada importancia, pero a decir verdad en este caso no las tenía todas conmigo. Me temo que el hecho de que llame siempre a la gente por el mismo nombre que tienen en la vida real sólo sirve para empeorar las cosas. Pero no lo puedo evitar. De lo contrario no me salen personajes creíbles. Tampoco me gusta cambiar demasiado los detalles. Es lo que los libros sobre técnicas de escritura te dicen siempre que debes hacer: «Cambia los detalles demasiado identificativos». Pero yo no puedo.

Considero oportuno señalar que me convertí en la columnista que soy mucho antes de que fuera un cliché, mucho antes del fenómeno contagioso de *De repente, Susan*, mucho antes de que todo esto se volviera aburrido, estúpido y manido. Pero cuando llegó todo eso ya era demasiado tarde. Ya era adicta. Me imagino que, si me hubiera sumergido en Dorothy Parker a una edad impresionable, habría querido ser como ella de mayor, pero en Arizona, cuando yo era niña, no teníamos ninguna Dorothy Parker; teníamos a Nora Ephron. Así que quise ser Nora Ephron de mayor. Hasta muchos años más tarde, después de que me hubiera sumergido en Dorothy Parker por mi cuenta y hubiera contemplado vagamente la posibilidad de ser como ella, no descubrí que Nora Ephron había querido ser Dorothy Parker de mayor, cosa que me alegró bastante.

Por desgracia, no es fácil para alguien como yo convertirse en alguien como Dorothy Parker. Ni en alguien como Nora Ephron, ya que estamos, dado que no soy judía. Y no es sólo que no sea judía, es que soy todo lo contrario a judía. Me educaron como cristiana evangélica, cien por cien «renacida»[1], tribu que carece por comple-

1. Cristianos renacidos: secta estadounidense cuya doctrina se rige por el Apoca-

to de tradición cómica, y casi carece de tradición intelectual. Bien pensado, tampoco estamos muy bien surtidos en el tema de tradición autocrítica, aunque bien sabe Dios que el resto del mundo está deseando que la desarrollemos lo antes posible. Porque, y me imagino que a nadie le supondrá una novedad, todo el mundo detesta a los cristianos evangélicos. Los detestan, los detestan, los detestan. Detestan el derecho cristiano, detestan la Superioridad Moral, detestan a Jerry Falwell, detestan a los pro-vida, detestan a los que llevan el pececito de plata en la parte trasera de sus monovolúmenes, detestan al tipo de la oficina con ese extraño corte de pelo que no pone dinero para la porra de fútbol. El tipo de la oficina con el extraño corte de pelo podría ser mormón, claro, pero no sé por qué la gente no detesta a los mormones. La mayoría piensa que los mormones son una especie de supercristianos inofensivos. De hecho, los únicos que no consideran cristianos a los mormones son los mormones y los cristianos. Hace unos años, mi madre me llamó por teléfono y me dijo que los nuevos vecinos eran mormones.

–¿Tienen cama elástica? –pregunté.

–¿Cómo lo sabes? –se sorprendió mi madre.

–A los mormones les encantan las camas elásticas –dije–. No me preguntes por qué, pero les encantan.

El caso es que mi madre se hizo amiga de la nueva vecina y las dos se pasaron los tres años siguientes intercambiándose recetas de platos únicos y tratando en vano de convertirse la una a la otra. Lo que nos lleva al problema fundamental que tiene la gente con los cristianos renacidos, y es que se niegan a dejarse convertir. Se niegan incluso a considerar la idea de que tal vez tuvieran que convertirse. Lo que pasa es que, en algún momento de la conversación, el candidato a converso pregunta algo como «¿Y qué sucede si paso?», y el convertidor pondrá cara de sincero pesar y responderá «Pues que te pasarás el resto de la eternidad en el infierno». Esto molesta mucho, aunque pienses que tu interlocutor no dice más que gilipolleces. Por no mencionar que el resto tampoco es nada divertido.

---

lipsis. Esperan la segunda llegada de Jesucristo y el Juicio Final, en el que sólo ellos serán salvados. *(N. de la T.)*

Incluso de niña yo ya sabía que no era nada divertido. En el instituto, fuera lo que fuera lo que estuviéramos haciendo, siempre saltaba alguno de la pandilla y decía «¿Lo veis?, no hace falta beber para divertirse». Y ya entonces sospechaba yo lo que ahora sé a ciencia cierta: que es más divertido beber, consumir drogas y hacer el amor. Pero que mucho más divertido.

Me imagino que se preguntarán qué hacía yo viviendo en pareja con mi novio Tom si era cristiana evangélica. Pues la verdad es que no he sido lo que se dice muy cristiana desde hace tiempo. Desde el preuniversitario, para ser sinceros, aunque algunos de los efectos secundarios más llamativos, como los jerséis rosas y el pelo mal cortado, me acompañaron hasta los veintitantos. Si me hubiera parado a pensar en el tema me habría bajado del tren antes de empezar el preuniversitario, porque ser cristiana evangélica en el preuniversitario es aburrido a más no poder. A tu alrededor los demás se dedican a beber, a fumar, a probar hongos psicodélicos, a tener experiencias lésbicas y a lamer gelatina del ombligo de un desconocido en Cancún durante las vacaciones de Pascua, mientras tú te quedas ahí parada y tratas de ser buena. Lo peor que te puede pasar es ser cristiana evangélica en una universidad de las más prestigiosas, precisamente mi caso, porque no sólo tienes que tratar de ser buena, encima tienes que tratar de ser lista. Acabas manteniendo una y otra vez esas conversaciones sobre creacionismo o evolución en el dormitorio común... pero adivina de qué lado estás tú. Adivina a qué bando te toca defender. Y luego está todo el tiempo que te pasas sentado en círculos reducidos con otros cristianos, planteándote cuestiones imponderables. Una de las clásicas es: ¿podría Dios crear una roca tan grande que ni Él pudiera levantarla? ¿Podría crear un gato negro que fuera blanco? ¿Podría crear un círculo cuadrado? Después vienen los temas que de verdad importan. Por ejemplo, hasta dónde puedes llegar sin que dejen de considerarte virgen. Es un punto muy debatido, pero hay algo que les puedo garantizar: lo que se dice de las chicas cristianas y las mamadas es completamente cierto. En cambio no es verdad lo que se dice de las chicas cristianas y el sexo anal, con la excepción de unas pocas pioneras, de las cuales yo sólo he conocido a una.

Ahora caigo en la cuenta de que aquí hace falta aclarar un poco las cosas, y señalar que con el cristianismo evangélico no hay medias tintas. Mamadas aparte. Por ejemplo, es posible recibir una educación católica y luego crecer, dejar de obedecer las normas, dejar de ir a la iglesia, que en tu vida no quede nada que pueda sugerir a un ser humano medianamente razonable que eres católico, y aun así, para ti y para el resto del mundo, seguirás siendo católico. Con el evangelicalismo la cosa no funciona así. O estás dentro o estás fuera. O estás con ellos o estás contra ellos. Así que, antes de seguir, quiero dejar bien claro que en la actualidad yo estoy fuera. Otra cosa que quiero dejar bien clara es que este tipo de cosas son las que me resultaron siempre más molestas del evangelicalismo.

No me gusta confesar esto en público, por mis padres. Mis pobres padres. Mis queridos, mis bondadosos, mis devotos y cristianos padres. De verdad, no han hecho nada para merecerse esto. Bueno, he estado yendo al psicólogo durante once años, así que es de suponer que habrán hecho algo para merecerse algo, pero nada para merecerse esto. Me da reparo hablar de mis once años de psicoterapia porque sin duda van ustedes a pensar que estoy mal de la cabeza. El hecho de que una persona con problemas normales tenga que ir a un psicólogo durante once años sólo lo entiende otra persona más o menos normal que también lleve mucho tiempo de terapia, así que no sirve de nada que intente explicarme aquí. En cambio, lo verdaderamente interesante es cómo me he podido pagar las sesiones. Cuando terminé el preuniversitario estaba en la ruina y deprimida, así que empecé a acudir a una clínica pública en la que sólo me cobraban trece dólares por hora, y para cuando me quise dar cuenta habían pasado once años. No hice lo que se dice muchos progresos, sobre todo porque era una clínica de prácticas donde los estudiantes recién graduados trabajaban durante un año antes de empezar a ejercer en consultas particulares, de manera que cada mes de septiembre mi terapeuta le entregaba mi informe al nuevo y los dos teníamos que volver empezar otra vez, desde el principio, contando mi infancia.

No hace falta que intenten seguirles la pista a todos mis terapeutas. He tenido demasiados, de verdad. El más reciente se llamaba William y sufría de vértigo. Yo soy de las que habían creído toda la vida que el vértigo es un dolencia inventada, de ésas que los guionistas de cine se sacan de la manga para explicar por qué el chico de la película no puede cruzar el puente para salvar a la chica, pero William tenía vértigo de verdad. Hasta tal punto que a veces, durante las sesiones, se deslizaba de la silla hasta el suelo para quedar tendido a mis pies. «Puedes seguir –decía–. No es nada, sólo uno de mis ataques.»

–Debería marcharme –dije la primera vez que lo hizo.

–¿Por qué deberías marcharte? –respondió William. Me estaba mirando desde la alfombra–. ¿Esto te hace sentir incómoda?

–Sí –dije.

–¿Por qué te sientes incómoda? –preguntó William.

–Porque mi loquero está tumbado en el suelo.

–Tumbarme en el suelo es una respuesta lógica a mi ataque de vértigo –dijo William–. ¿Por qué debería hacerte sentir incómoda?

–No lo sé. Pero estoy incómoda.

–¿Te provoca algún tipo de respuesta sexual?

–Ni de lejos.

–Me cuesta creerlo –dijo.

–¿Y eso por qué?

–Porque te sientes atraída por hombres no accesibles, hombres como Tom, que puede que sea tu novio pero emocionalmente es inaccesible para ti; y yo, como terapeuta tuyo, soy inaccesible por definición.

Todo esto desde el suelo.

–A mí no me pareces tan inaccesible, William.

–¿Quieres decir que crees que siento una inclinación sexual hacia ti?

–Yo no he dicho eso.

–Pues sí la siento –replicó él–. ¿Quieres que exploremos ese tema?

Ya, ya lo sé, tendría que haber dejado las sesiones con William, pero no lo hice. Hay que tener en cuenta que sólo pagaba trece dólares la hora, y por trece dólares la hora estaba dispuesta a soportar un comportamiento no del todo convencional por parte de mi terapeuta. Además, tampoco me interesaba armar jaleo en la clínica, porque si alguien se paraba en serio a examinar mi expediente no tardaría en darse cuenta de que tenían que subirme la tarifa. Cosa que, por desgracia, fue precisamente lo que sucedió tres semanas antes de la noche de la cena. Cuando me presenté para mi cita habitual del lunes por la mañana, la directora de la clínica asomó la cabeza por la sala de espera y me dijo que pasara a su despacho. Se sentó frente a mí tras el escritorio y con toda tranquilidad me informó de que William ya no trabajaba allí. Lo habían tenido que mandar al manicomio, con camisa de fuerza y todo, aunque ese detalle no me lo contó ella, me lo dijo más tarde Yolanda, la recepcionista. Por lo visto fue todo un espectáculo. El caso es que resultó que yo era la única paciente de William que no había presentado una queja sobre él, y por eso terminé en el despacho de aquella mujer. Dio por hecho que yo debía de tener algún problema. Todos los que iban a la clínica tenían problemas, claro, pero dio por hecho que los míos eran de los gordos.

Todo lo anterior es sólo para poner de relieve algo tan sencillo como que, aunque llevaba once años de terapia, en el momento de los acontecimientos aquí relatados, los acontecimientos que componen esta historia, no tenía terapeuta. Y tampoco estaba curada, cabe señalar. Lo que sí tenía era cierta afinidad, interés y familiaridad con mi yo interior. Por eso, ahora que me paro a pensarlo, el hecho de que me cogiera por sorpresa me cogió por sorpresa. ¡Once años de psicoterapia! ¡Un padre que me abandonó a los cinco años! No hay que excavar tanto para llegar a mi subconsciente, está a plena luz, instalado en mi vida, disfrazado de destino. La verdad es que lo que me había pasado con Tom era de lo más predecible. Lo que aún no he conseguido es averiguar cómo se pasa de comprender por qué te suceden cosas malas en un momento dado a aprender a evitar que te sucedan. Ese truco sigo sin cogerlo. Es la pregunta para la que no he conseguido una respuesta directa de ninguno de mis terapeutas. Se la llegué a plantear a Janis Finkle (mi última terapeuta de verdad, la predecesora inmediata de William) en la última sesión que tuvimos juntas.

–No se puede –me dijo.

–¿No se puede?

–No se puede.

–Entonces, ¿para qué sirve todo esto? –quise saber.

–¿Para qué crees tú que sirve? –dijo Janis.

Sigo sin saber para qué sirve. Otra de las cosas que tampoco he llegado a descubrir es si la religión de mi infancia es la fuente de mis problemas neuróticos o la solución para ellos. Por supuesto, he descubierto otras muchas cosas, pero la mayor parte no sirven para nada.

3

Aquel domingo por la noche, a última hora, sonó el timbre de la puerta. Llevaba veinticuatro horas en casa, sola, aguardando aquel momento. Y estaba cien por cien preparada. Me había preparado mentalmente un discurso larguísimo, un discurso que comenzaba con una condena sin paliativos del despreciable comportamiento de Tom, proseguía con un estudio psicológico de las tres partes involucradas, y culminaba con el hecho de que yo amaba a Tom y él me amaba a mí, y que podríamos superar juntos aquella crisis, siempre y cuando accediera a visitar a un consejero de parejas y prometiera no volver a dirigirle la palabra a Kate Pearce. Era un discurso muy bueno, y la verdad era que estaba deseando soltarlo. Fui hacia la puerta y eché un vistazo por la mirilla.

–Tengo que contarte algo muy desagradable –me dijo a través de la puerta un hombre que no era Tom–. Tu novio tiene una aventura con mi novia.

Solté la cadenilla y abrí la puerta.

–Tú debes de ser André –dije.

–¿Cómo lo sabes?

–Sé todo lo que hay que saber acerca de Tom y Kate –dije–, de manera que me imaginé que serías André.

La presencia de André en la puerta de mi casa me hizo sentir mejor en muchos aspectos, sobre todo porque era obvio que estaba mucho peor que yo. No me refiero a la ropa que llevaba –un chándal verde–, ni al hecho de que saltaba a la vista que no se había afeitado hacía tiempo; no, el que André se hubiera tomado la molestia de localizarme y de llamar a mi puerta era un acto tan evidente de desesperación absoluta que, en comparación, me sentí relativamente cuerda. Le dije que entrara, nos sentamos a la mesa de la cocina y abrimos de inmediato una botella del whisky escocés de Tom.

–Cuéntame todo lo que sabes –pidió André–. Yo te contaré todo lo que sé.

Yo no sabía gran cosa. En realidad, lo único que sabía a ciencia cierta era que Tom y Kate habían estado almorzando juntos, y André sacudió la cabeza impasible cuando se lo dije porque eso ya lo sabía. Resultó que estaba enterado de todo. Llevaba meses espiándolos, cinco meses, para ser exactos, que era el tiempo que duraba su aventura, y lo que no había averiguado espiándolos se lo había dicho Kate a la cara cuando por fin rompió con él hacía cuatro días. Kate le había dicho que se marchara del apartamento y André se había negado con tozudez a mudarse, porque creía, o eso me dijo, que podrían arreglar las cosas siempre y cuando no hicieran nada muy drástico... de manera que ella le narró con humillante detalle su aventura con Tom, supongo que con la esperanza de apelar a su orgullo. Hacía sólo unos quince minutos que conocía a André, pero ya presentía que apelar a su orgullo servía más bien de poco.

–Y cuando por fin se dio cuenta de que no pensaba marcharme, se fue ella –terminó André.

–¿Adónde? –pregunté.

–Ésa es una de las cosas que pensaba que a lo mejor sabías tú –dijo.

–Pues no. Y aunque lo supiera, no nos serviría de nada ni a ti ni a mí.

André me miró como si pensara que mi inocencia rayaba con la estupidez. Evidentemente, necesitaba conocer el paradero de Kate y Tom si quería seguir espiándolos.

–¿Por qué tienes tantas ganas de recuperarla? –quise saber.

Respiró profundamente.

–Esa mujer es como una droga.

–Genial –dije.

–Nunca me canso de ella.

Nos quedamos allí un momento, callados, André con una expresión de amor desdichado dibujada en el rostro. Estaba a punto de decirle que tal vez fuera hora ya de que se marchara cuando se volvió hacia mí y me preguntó qué tal era Tom en la cama.

–No te lo pienso contar –repliqué.

–Vamos –suplicó–. Tengo que saber a qué me enfrento.

–No creo que el problema sea qué tal es cada cual en la cama.

André me miró como si no entendiera nada.

–Entonces, ¿cuál es? –preguntó.

–Creo que Tom está atravesando una etapa y tiene que aclarar unas cuantas cosas.

–¿De verdad?

–Sí. Y no tengo intención de reaccionar de forma exagerada.

–Eres fuerte, ¿sabes? –dijo André–. Pareces una persona muy fuerte.

–Gracias.

–Y muy agradable –dijo al tiempo que asentía con la cabeza, pensativo.

–Gracias.

Nos volvimos a quedar en silencio un momento.

–Mi madre se está muriendo. Tiene cáncer de páncreas –dijo como quien no quiere la cosa.

Luego extendió el brazo por encima de la mesa de la cocina y me cogió la mano.

La verdad es que fue un momento algo embarazoso. Yo no sabía si estábamos cogidos de la mano porque la madre de André agonizaba víctima de un cáncer de páncreas, o porque nuestros amantes nos habían abandonado, o porque los dos estábamos borrachos. Aparté la mano con delicadeza.

–Lo siento –dijo André.

–No pasa nada –respondí.

Con la mano recién liberada hice girar el whisky en el vaso.

–Quizá tengas razón –dijo–. Puede que sólo sea una fase.

–Creo que es una etapa –señalé–, no una fase.

–¿En qué se diferencian?

–Una etapa implica crecimiento –dije–. Cuando atraviesas una etapa, al salir de ella te encuentras en un nivel superior.

–¿Y entonces qué es una fase, tirarte a un desconocido sin más?

–Sí, y ya te he dicho que no creo que se trate de eso.

–Qué más da, ya no tiene importancia. Ahora que los dos lo sabemos todo no durará mucho –dijo André.

–¿Por qué?

–Kate se cansará de él –dijo–. Le dará la patada en el culo. Y él volverá contigo.

No era así como había imaginado el regreso de Tom a mis brazos –con el corazón roto, el rabo entre las piernas y el culo pateado por su diabólica amante–, pero me tendría que conformar. Me conformaría. Estoy enamorada de él, pensé.

–Estoy enamorado de ella –dijo André. Sonaba mucho peor dicho por él que pensado por mí–. No lo puedo evitar.

–El noventa y cinco por ciento de la felicidad consiste en enamorarse de la persona adecuada –dije.

–¿Y el cinco por ciento restante? –preguntó André.

–No tengo ni idea.

Al final André se marchó, pero no sin dejarme su tarjeta y apuntar mi número de teléfono, además de hacerme jurar que le avisaría si me enteraba de algo nuevo y de prometerme que me avisaría si se enteraba de algo nuevo. Yo no veía de qué me iba a servir cualquier cosa nueva de la que me enterase, sobre todo teniendo en cuenta que lo que acababa de saber era más que suficiente para hundirme en la miseria. Si de algo estoy segura en lo que respecta a una mujer que es como una droga es que en la cama es mejor que yo. No es que Tom y yo tuviéramos problemas graves en ese sentido, es que he acuñado mi propia definición de «buenas relaciones sexuales»: son relaciones sexuales sin discusión, y a mí tener relaciones sexuales sin discusión me resulta casi imposible. Cualquier cosa sin discusión me resulta casi imposible. A veces me gustaría ser como esa gente con la que me cruzo por la calle, que a primera vista no tienen vida interior (aunque claro, es posible que tengan vida interior, me imagino que una de las características de la vida interior es que no salta a la vista para los que te cruzas por la calle), bueno, ya saben a qué tipo de gente me refiero. A esa gente que se las arregla para pasar por la vida sin estar todo el tiempo pensando en todo.

Ya sé que cuando te pasa una cosa como ésta, cuando tu novio o tu marido te deja porque tiene una aventura con otra mujer, tienes que decir cosas como «Lo que me duele no es que se haya acostado con ella, es que me ha mentido»; pero, a decir verdad, en mi caso lo que me dolía era que se había acostado con ella. Ese punto lo tuve siempre muy claro. Reconstruirlo todo en torno a una mentira era inútil. Sí, incluso después de que André se marchara y yo empezara a juntar las piezas, a reconstruir las diversas mentiras que Tom me había contado acerca de las horas extras hasta el anochecer, los torneos de squash de seis horas los sábados por la tarde y los viajes de negocios, todo aquello no era más que un ejercicio intelectual. Masoquista, sí, pero ejercicio intelectual. Lo que de verdad podía conmigo, lo que me despertaba del sueño más profundo, era imaginar a Tom y a Kate juntos, a Tom y a Kate en la cama. No podía pensar en otra cosa. Me imaginaba a mí misma llegando a casa del trabajo antes que de costumbre, abriendo la puerta de la calle, subiendo las escaleras, abriendo la puerta de nuestro piso, dejando mi bolso sobre la mesita del recibidor, quitándome los zapatos de una patada, entrando en el dormitorio y pescándolos juntos en la cama. Dejaba escapar un gritito de sorpresa y luego salía corriendo escaleras abajo, me iba a la calle, porque me parecía que es lo que habría hecho si me hubiera encontrado en esas circunstancias, pero también porque quería ver si Tom salía detrás de mí a buscarme. Quería ver si, en mi fantasía, Tom tenía al menos la decencia de saltar de la cama, atarse una toalla a la cintura y salir al portal gritando: «¡Por Dios, Alison! ¡No es lo que parece!». Me imaginé la escena tantas veces que al final ya no salía corriendo: llegaba al dormitorio y me quedaba en la puerta mirándolos con fría repugnancia, igual que Gwyneth Paltrow en *Dos vidas en un instante.* De hecho, bien pensado, era tan similar a Gwyneth Paltrow en *Dos vidas en un instante* que estoy casi por jurar que se lo copié entero. Pese a todo consideré que era un progreso.

Me doy perfecta cuenta de que corro el peligro de atribuir al sexo demasiada importancia, si es que tal cosa es posible (cosa que dudo mucho, pero puede que sea porque atribuyo al sexo demasiada importancia). Siempre he pensado que, si hubiera tenido un poco más de experiencia en ese tema concreto, si me hubiera acostado con más hombres, las cosas me irían mejor. Tendría más puntos de referencia. Pero no había sido así. No me apetece nada contarles con cuánta gente me he acostado, así que lo dejaré en que han sido menos de cinco. Más de uno y menos de cinco.

Y no han sido ni cuatro ni tres.

Parte del problema estriba en que perdí la virginidad tarde, tardísimo, para ser sincera. Tenía veinticinco años, así que estarán de acuerdo conmigo en que eso me convierte en lo que técnicamente se denomina un bicho raro. Y puede que ni siquiera entonces hubiera hecho el amor si no fuera porque mi terapeuta me convenció.

–¿Cuándo tomaste esa decisión? –preguntó Celeste, que era mi terapeuta de entonces, cuando por fin me abrí a ella y se lo conté.

–Cuando tenía trece años. Fue en un campamento que organizaba la iglesia. Hice una promesa.

–¿A quién? –quiso saber Celeste.

–¿Cómo que a quién?

–¿A quién le hiciste esa promesa?

–A Dios.

–A Dios –repitió, y tomó nota en su libreta amarilla.

Mi fe en Dios era una de las cosas de las que Celeste intentaba liberarme. Bueno, no, no es justo que lo diga así. A ella no le preocupaba que creyera en Dios, sólo que no quería que interfiriese en cosas importantes como mi libertad, mis decisiones o mi vida sexual. Y claro, en eso es en lo que consiste Dios. Renuncias a algunos de los privilegios más interesantes de la vida y a cambio le pierdes el miedo a la muerte.

–Esa decisión te resultó útil a los trece años, pero puede que a los veinticinco sea hora de reconsiderarla.

De modo que la reconsideramos. La reconsideramos una y otra vez. Celeste la comparaba con el embargo a los puros cubanos. Tal vez tuviera lógica en los años sesenta, pero ¿qué sentido tenía en nuestros tiempos, tras la caída del Muro de Berlín, cuando ya había un McDonald's en la Plaza Roja? He de reconocer que tampoco hacía falta mucho esfuerzo para convencerme. Le había estado dando vueltas a la idea desde que Lance Bateman me metió la mano en las bragas en el último año de instituto, pero me las arreglé para mantenerlo a raya. Durante mucho tiempo estuve esperando mi noche de bodas, y cuando la espera empezó a parecerme estúpida, inútil y un autoengaño total, sin saber por qué seguí esperando. Supongo que lo que esperaba era una razón convincente para dejar de esperar.

Aquella noche acudí a ver a mi novio Gil-el-homosexual, y le dije que por fin me sentía preparada para acostarme con él. El embargo al pene quedaba levantado. Le dije que lo había hablado con mi terapeuta, que una decisión que me había sido útil a los trece años quizá no tuviera sentido ya a los veinticinco, y que, por tratarse de mi novio, él era el candidato lógico para la desfloración. Hasta me había parado por el camino para comprar una caja de doce condones, suponiendo que al enterarse de la buena nueva Gil me tiraría al suelo de la cocina y haría lo que quisiera conmigo, tal vez no doce veces, pero sin duda más de tres, que eran los dos únicos tamaños de cajas en los que se presentaban los condones. Pero Gil no me tiró al suelo de la cocina. Se quedó sentado donde estaba, sacando brillo a sus zapatos con un cepillo de dientes de cerdas suaves, y me dijo que necesitaba tiempo para pensárselo. Que no estaba seguro.

Me gustaría decir que rompí con él en aquel mismo momento, que le solté un comentario desdeñoso y cruel y que me largué sin volver la vista atrás, pero no fue así. Aquel tipo tenía una misión. En ese sentido soy muy práctica. No soy de las que tiran una batidora en perfecto estado sólo porque haya que zarandear un poco el cable para que funcione. Me resultaba insoportable la sola idea de empezar otra vez de cero, de conocer a un hombre y comenzar a salir con él, tener una primera cita, luego la segunda, luego la tercera, y al final hablarle de mi estatus sexual y quedarme mirando cómo retrocedía muy despacio al tiempo que me explicaba que no quería involucrarse en nada serio. Y reconozcámoslo, acostarse con una virgen de veinticinco años es de lo más serio que hay. De manera que, después de zarandear un poco el cable, Gil-el-homosexual y yo nos acostamos, y luego no sólo no rompí con él, sino que mantuve la relación ocho meses más, con la mente confusa no sólo por el sexo (término que no se podía aplicar del todo a lo que hacíamos), sino por la idea de que, ya que me había acostado con él, tenía que casarme con él.

Cuando salíamos juntos yo no sabía que Gil-el-homosexual era gay. O sea, tenía ciertas sospechas (tendrían que haber visto cómo se hacía la cama ese hombre), pero hacía todo lo posible por no pensar en ellas, sobre todo porque había sido un alivio inmenso conocer a un hombre que quisiera ser mi novio sin acostarse conmigo. No se pueden ni imaginar qué hallazgo fue. Salíamos unas tres veces por semana, yo me quedaba a pasar la noche en su casa, nos dábamos el lote un rato, luego nos quedábamos dormidos juntos, abrazados, y por la mañana, en cuanto mis pies tocaban el suelo, se ponía a hacer la cama. Colocaba las mantas, las sábanas y las almohadas con tal talento y precisión que uno se sentía como si estuviera en el departamento de camas de unos grandes almacenes, con cartelito de «prohibido sentarse» incluido. Porque esa era otra, una vez hacía la cama no le gustaba que me sentara en ella. Ni siquiera para ponerme los zapatos. Además, por las noches me obligaba a beber en vasos de papel, porque decía que si tenía platos sucios en el fregadero no podía conciliar el sueño. Por lo que a mí respecta, a veces he conciliado el sueño incluso con platos sucios en la cama. Digamos que aquello se convirtió en un punto de desacuerdo.

Es una de las cosas que pasan cuando esperas tanto antes de tener relaciones sexuales: acabas saliendo con hombres a los que ya no les interesan. Al menos no les interesan contigo. Y luego, si eres una chica como yo, acabas casándote con uno de ellos, y el tío sigue sin mostrar interés, pero ahora ya tienes que cargar con él porque es tu marido. Lo haces todo como debe ser, como está mandado, y al final acabas bien jodida. Es una de las cosas que no te cuentan en los campamentos que organiza la iglesia. Eso y que lo de pasarte el día prometiendo que no tendrás relaciones sexuales acaba creándote complejos. Ni os imagináis hasta qué punto tengo complejos. Tantos que ni siquiera aparezco en mis propias fantasías sexuales. Y no estoy insinuando que me quede, pongamos por caso, sentada en un rincón, en un sillón inmenso, fumando y mirando. No, ¡ni siquiera estoy en la habitación! ¡Estoy en otra parte! ¡De compras, seguro! Y la verdad, la increíblemente triste y patética verdad, es que me puedo considerar afortunada por tener algún tipo de fantasía sexual. Tengo la sensación de que las fantasías sexuales más jugosas de la gente tienen su raíz en las obsesiones de la adolescencia, y mi obsesión de la adolescencia era Jesús: ni siquiera yo estoy tan pirada como para tener una fantasía sexual con Jesús.

Les empecé a contar todo esto porque quería que comprendieran por qué la confianza en el aspecto sexual no era precisamente mi punto fuerte, y por qué eso de que Kate fuera como una droga era lo que me estaba volviendo loca de celos, pero también quiero decirles que, por mucho que me doliera que Tom me hubiera dejado por Kate, se me pasó por la cabeza la idea de que al fin podría tener relaciones sexuales con alguien que a) no fuera Tom, y b) no fuera gay. Y la perspectiva tenía su encanto.

4

El lunes por la mañana, cuando me desperté, me encontré con la vista clavada en los paneles de latón del techo y preguntándome qué iba a ser de mí. Lo digo en todo el sentido Jane Austen de la expresión. ¿Qué demonios iba a ser de mí? Cuando Gil-el-homosexual y yo rompimos por fin –debido al rodal que mi lata de Coca-Cola Light había dejado en una de sus mesillas de noche de cerezo–, salí a la calle a la mañana siguiente y me fui directa a comprar un billete de avión barato a Praga. Alquilé un apartamento diminuto en el casco antiguo y me pasé allí tres meses. Estaba embriagada de independencia. Por fin era libre. Bebí café turco, leí gruesos volúmenes de obras clásicas y di largos y emotivos paseos por los puentes. Y aquí estaba otra vez, libre de nuevo, y no podía dejar de pensar en Tom. Me eché a llorar. ¿Qué pasaría si no recuperaba la cordura? ¿Qué pasaría si no regresaba? ¿Qué haría yo? ¿Con quién saldría? ¿Qué iba a ser de mí?

Habíamos estado juntos cuatro años. ¡Cuatro años! Seguro que están pensando que aquello no era tan duro como un divorcio. Eso mismo me decía todo el mundo. No es tan duro como un divorcio. Y yo les respondía. Les decía que no estaba tan segura. Al menos una mujer divorciada es comprensible para los demás. Una mujer divorciada sólo ha sido rechazada por un ser humano concreto. Salir con una mujer divorciada es como ponerse un jersey que ha estado colgado en el armario de otro: a *ellos* no les había ido bien, pero quizá...

No crean, me doy perfecta cuenta de que lo que digo no tiene sentido. El divorcio de Cordelia fue lo más horripilante que había presenciado jamás, y aquella mañana, mientras miraba al techo convertida en la viva imagen de la desdicha, recorriendo mentalmente los dibujos del latón en un intento de tranquilizarme, sabía que no había punto de comparación entre ambas cosas. Pero aquello era doloroso, y me estaba pasando a mí. Cosa que, bien pensada, era uno de los motivos de que estuviera resultando un golpe tan duro. Hacía tiempo que no me pasaba prácticamente nada. Es lo que tiene vivir en Filadelfia, los mismos acontecimientos se desarrollan en una sucesión siempre predecible, año tras año, el Desfile de los Payasos y la Exposición Floral, la Feria del Libro y la Feria de la Gastronomía, el Festival de Jazz y el Baile de las Bellas Artes, y acabas adormecido en una especie de coma. Siempre ves las mismas caras en las mismas fiestas, disfrutas del mismo otoño perfecto y vivificante un día después de los mismos meses de un verano húmedo y bochornoso, acabas con las mismas hojas apestosas de gingko en las suelas de los zapatos cuando cometes el error de bajar por la Calle Veintidós durante la estación en que dan fruto, y al final dejas de darte cuenta de que no te está pasando nada, porque por lo visto a nadie le pasa nada. Si a alguien que vive en Filadelfia le pasa algo importante de verdad, se muda a Nueva York.

A una persona que conocía le pasó algo importante de verdad unos ocho meses antes de todo esto. Fue al editor de nuestro periódico, Sid Hirsch, que salió en las noticias porque su mujer apareció muerta en el fondo de su piscina. La verdad, siempre he sido de la opinión de que si una persona de más de ocho años, por decir una edad, aparece muerta en el fondo de una piscina, es porque alguien la puso allí, de manera que el hecho de que una cosa semejante le pasara a un conocido, saber que la esposa de mi jefe había acabado muerta en el fondo de la piscina que tenían en su casa de Bucks County... Caray, casi no lo pude soportar. ¡Si hasta había nadado en aquella piscina! Igual que todos mis compañeros de trabajo. Todos los meses de agosto, Sid y su esposa daban una gran fiesta junto a la piscina para el personal del periódico, y una de las primeras conjeturas que se plantearon en la oficina era si aquel año se celebraría la fiesta o no, y en caso afirmativo si alguien se atrevería a meterse en el agua. Luego resultó que a Sid lo declararon inocente de cualquier crimen de manera oficial y canceló para siempre la fiesta de la piscina, dos hechos que no bastaron para dispersar la nube de repugnancia que pendía sobre su cabeza a los ojos de los demás. Siento mucho la muerte de la mujer de Sid, de veras, pero parte de mí casi la agradece, porque así me ahorro la molestia de tener que incluir aquí el asesinato de un personaje.

Me incorporé en la cama. Me di cuenta de que había dejado de llorar. Lo que menos falta me hacía era quedarme sentada en la cama pensando en Sid Hirsch, así que me levanté y me fui al periódico.

The Philadelphia Times fue fundado en 1971. En un principio se llamaba *El Vengador del Pueblo*, y luego, durante un tiempo, *El Vengador* a secas; pero en los años ochenta Sid decidió darle un nombre más convencional para atraer a los anunciantes. Todavía quedaban unos cuantos periodistas de los tiempos del *Vengador*, y de vez en cuando publicábamos sus diatribas sobre la explotación infantil de nuestras empresas en países del tercer mundo, el agujero de la capa de ozono o la injusticia racial, pero sobre todo hacíamos reseñas. Reseñas de libros, reseñas de películas y reseñas de discos. Hacíamos reseñas de obras de teatro, reseñas de conciertos y reseñas de restaurantes. A veces me pregunto si los años que me he pasado reseñando cosas son la causa de que mi Crítico Interior hable tan alto, pero la verdad es que mi Crítico Interior habla igual que mi madre, de manera que no sería justo que le echara la culpa a mi empleo. En fin, el caso es que además de reseñas publicábamos unas cuantas columnas de opinión y agendas de acontecimientos locales, y una cantidad a todas luces excesiva de cartas de los lectores. De hecho, publicábamos tantas reseñas, columnas, agendas y cartas que en el periódico apenas si quedaba espacio para las noticias. Lo más probable es que ni siquiera nos hubiéramos ocupado de publicar noticias de no ser por Warren Plotkin. Warren había recibido un premio de Periodismo Nacional al principio de su carrera por un reportaje en ocho artículos sobre madres adolescentes que recibían ayuda de la asistencia social, publicado en el *Daily News* de Filadelfia. Una semana más tarde salió a la luz que la mayor parte de su reportaje era un plagio de un ensayo de graduación que había encontrado en Internet. El *Daily News* lo despidió en el acto, y en el acto Sid Hirsch lo llevó a cenar a The Palm y le ofreció el puesto de redactor jefe de actualidad por dos tercios de lo que cobraba en el *Daily News.* Fue una suerte para nosotros que viniera a trabajar al periódico. La verdad es que es una suerte que cualquiera venga a trabajar a este periódico, cosa que no quiere decir que mi empleo no tenga sus cosas buenas.

Lo cierto era que había muchas cosas que me gustaban de mi trabajo en el *Times.* El sueldo no, y el prestigio menos, puesto que ambas cosas eran insignificantes. Pero me gustaba que fuera uno de esos sitios en los que te dejan llevarte el perro al despacho. No es que yo tenga perro, pero me resultaba agradable saber que, si algún día me decidía a tenerlo, me lo podría llevar al despacho. También me gustaba saber que podía escribir casi cualquier cosa que me apeteciera y luego ver mi texto impreso una semana más tarde, sin apenas el menor cambio. Para un escritor es una situación muy atractiva, y el hecho de que el periódico se regalara en cafeterías, peluquerías y salas de espera no le quitaba ni pizca de encanto. Pero lo que más me gustaba era que todos los que trabajaban allí estaban un poco descentrados. Había adictos a la hierba, plagiadores, comunistas, depresivos, alcohólicos, neuróticos y tipos sencillamente raros, lo que implica que lo que más me ha fastidiado siempre de mí, que no se me mueve un pelo de la cabeza haga lo que haga, o sea, mi tensa normalidad burguesa de clase media, allí me hacía destacar.

Fui andando a trabajar. Siempre iba andando a trabajar, así es como se me ocurren las mejores ideas. Antes de entrar en el edificio me paré en la tienda coreana que hay en la acera de enfrente. Cogí el *Daily News* y el *Philadelphia Inquirer*, y pedí un café para llevar. Crucé la calle y, al llegar al portal, tuve que dejar los periódicos en la acera para bucear por el bolso en busca de las llaves. Justo cuando estaba a punto de abrir la puerta oí el tañido de la campana de una iglesia, lo que me hizo consultar el reloj, que por casualidad llevaba en la muñeca de la mano con la que sostenía el café, de manera que terminé derramando todo el café encima de los periódicos que había dejado en el suelo. Di un salto rápido hacia la izquierda con lo que evité echármelo todo por encima, pero aun así aquello casi hizo que me echara a llorar otra vez. Tiré a la papelera los periódicos empapados, subí a pie los dos tramos de escalera y recorrí el pasillo largo y mal iluminado que llevaba al baño para limpiarme.

Y allí estaba yo, de camino al baño, cuando vi a un guaperas con una camisa azul. Caminaba por el pasillo directo hacia mí y tenía unos andares de los que llaman la atención. Me pregunté qué haría un guapo desconocido vagando por nuestro pasillo. Pensé que tal vez se hubiera perdido. Me sonrió. Pensé que tal vez estuviera soltero. Le devolví la sonrisa. Nos cruzamos, di tres pasos más y giré la cabeza por encima del hombro para mirarle el culo. (Hasta el día de hoy sigo sin saber por qué hice semejante cosa. No soy de esas mujeres que van mirándoles el culo a los hombres. Ni siquiera me interesan los culos, quiero decir como característica física de los hombres. Unos buenos hombros y un pecho bonito están más arriba en mi lista de prioridades; si me apuran, unas manos atractivas también.) Sea como sea, el caso es que mientras giraba la cabeza para mirarle el culo, en aquel preciso instante, el tipo de la camisa azul giró la cabeza para mirarme el culo a mí, con lo que nuestras miradas se cruzaron. Dejé escapar una carcajada chispeante, él sonrió y sacudió la cabeza, y los dos seguimos caminando sin detenernos. Pasé junto a la cocina, entré en el baño y cerré la puerta con cerrojo. Hice lo que pude para quitarme las manchas de café, luego me subí en el retrete y me di la vuelta para verme el culo en el espejo que había sobre el lavabo. Me di cuenta de que el corte de los pantalones hacía que pareciera engañosamente pequeño (¡todo un logro!), y luego me bajé del retrete, abrí la puerta y fui a ver si averiguaba quién era aquel tipo.

Yo compartía despacho con Matt, el redactor jefe de música, y Olivia, que escribía una columna sobre temas sexuales. Cuando entré, Olivia estaba sentada ante su escritorio, revisando una pila de cartas de sus lectores. Cogió una escrita en papel azul claro, la abrió y empezó a leer en voz alta:

—«Querida Olivia: Después de muchos meses de ashtanga yoga he conseguido la suficiente flexibilidad en la columna y en el cuello como para darme placer oral a mí mismo. Como comprenderá, estoy muy satisfecho, pero también un poco preocupado por las enfermedades de transmisión sexual, así que quería saber si uno se puede contagiar el sida a sí mismo.»

Olivia alzó la vista hacia mí e inclinó la cabeza con gesto expectante.

–Algo muy gordo está fallando en la educación pública de este país –comenté.

–¿Tú crees? –me dijo.

Por lo general, la columna de Olivia funciona así: ciudadanos de Filadelfia con diferentes perversiones, fetiches y peculiaridades sexuales le envían cartas en las que describen con minucioso detalle qué es exactamente lo que los excita. Luego le preguntan si son normales o no. Ella les asegura que sí, que son normales. En cierta ocasión una mujer le escribió contándole que le gustaba tener relaciones sexuales con su pastor alemán, y quería saber si estaba bien. Bueno, pues Olivia (que, por cierto, es bisexual) se puso por fin del lado de la decencia, la moralidad y la atemperación, y le dijo que tener relaciones sexuales con el perro no, no, no estaba bien, porque –y en este punto casi se podía ver cómo se agitaban los engranajes del cerebro de Olivia, que por lo general está en la onda del «todo vale» y «yo me tiro a cualquier cosa que tenga dos patas»; y es que hasta Olivia se dio cuenta de que su estándar arbitrario de las dos patas no iba a convencer a aquella señora de que renunciara a su nueva afición– porque, iba diciendo, el perro no daba su consentimiento. Así es el *Times*. Un periódico que desaconseja el bestialismo porque el animal involucrado no es capaz de articular la palabra «no».

(De todos modos, prueben a ser cristianos evangélicos, aunque sea sólo de nombre, aunque sea en un pasado remoto, y al mismo tiempo trabajar en un periódico alternativo; es una buena manera de saber lo que sentiría un judío trabajando para el alto mando nazi. O sea, que lo tienes que ocultar. Lo tienes que ocultar muy bien. Por suerte, no es de los temas que suelen salir en una conversación normal. Pero a ver qué pasaría si por ejemplo Sid Hirsch me preguntara cómo se gana la vida mi padre. Pues bien, uno de mis padres es un hombre de negocios republicano ultraderechista que se pasa la vida haciendo cosas ultraderechistas, como asistir a desayunos de oración con John Ashcroft o intentar privatizar las prisiones estatales de Texas. Mi otro padre es el consejero espiritual de una famosa cristiana evangélica tetrapléjica que pinta con la boca y teclea con un palito libros edificantes y canta canciones religiosas en las actuaciones de los telepredicadores. Así que siempre respondo «Es dentista».)

Matt abrió la puerta de golpe. Se detuvo en el umbral con una sonrisa de oreja a oreja en la cara y una revista enrollada debajo del brazo.

–Acabo de perder seis kilos. Preguntadme cómo.

–Dios mío, Matt, ¿esa revista es mía? –dijo Olivia.

Matt bajó la vista hacia el ejemplar de *Entertainment Weekly* que llevaba bajo el brazo, como si lo viera por primera vez.

–Puede.

–Quédatela.

–El Psicópata del Baño estaba atrapado dentro –dijo Matt. Se dejó caer en el sillón–. Lo he salvado de pasarse otro día encerrado ahí.

El Psicópata del Baño trabajaba en el departamento de publicidad. Tenía fobia a tocar la puerta del cuarto de baño, aunque a los tres nos hizo falta mucho tiempo de elucubraciones para llegar a esa conclusión. Hasta entonces había sido el Tardón del Baño.

–Puede que yo tenga problemas graves, pero no importa –comentó Matt–. Al menos soy capaz de tocar la puerta del lavabo de hombres.

–Sí –dijo Olivia con voz átona–. Siempre te quedará eso.

–Pregúntame cómo me ha ido con la chica con la que he salido –me dijo Matt.

–¿Cómo te ha ido con la chica con la que has salido?

–Me saltaré los trozos aburridos –dijo. Hizo una pausa momentánea–. Así que volvemos a su apartamento. Y resulta que tiene dos gatos. Y mientras nos lo estamos montando en el sofá oigo un estruendo en la cocina. Ella no quiere que vaya a ver qué pasa. Yo me empeño en ir, claro. Y adivina lo que encuentro en la cocina.

–¿Qué? –pregunté.

–Otros dos gatos –me dijo.

–No lo entiendo.

–Resulta que tiene cuatro gatos. Pero no quiere que la conozcan como «La chica de los cuatro gatos», así que siempre que la visita un tío encierra a dos en la cocina. Con lo que se convierte en «La chica de los dos gatos», cosa tan poco remarcable que no requiere clasificación.

–¿Y por qué no encierra a los cuatro y se convierte en «La chica sin gato»? –quiso saber Olivia.

–Ahí viene lo mejor –dijo Matt–. No puede, por el olor.

Olivia asintió, comprensiva.

–¿Vas a volver a salir con ella? –pregunté.

–Claro que voy a volver a salir con ella. Esa mujer ha demostrado un nivel de retorcimiento que se ha ganado mi respeto –respondió Matt–. Aunque no sea por otra cosa, tal vez pueda aprender algo de ella.

Justo cuando iba a preguntarles a los dos si sabían quién era el tipo de la camisa azul, Sid Hirsch apareció en la puerta.

–Reunión dentro de cinco minutos en la sala de conferencias –dijo.

–¿Qué pasa? –pregunté.

–Algo gordo, gente. –Dio tres puñetazos en la jamba–. Algo gordo.

Me siento un poco culpable por meter a Jeffrey Greene en esta historia, y no contaría lo que le pasó si pudiera evitarlo, pero no puedo. Siempre he querido mucho a Jeffrey. Todo el mundo le quiere. Era el redactor general del periódico y se había mantenido anclado con firmeza en su puesto durante dieciocho años. Era amable e inteligente, un gay dulce y satisfecho, y tan metódico que si alguien me dijera que tenía que lamer tres veces el interruptor de la luz antes de apagarlo me lo creería. De hecho, Jeffrey Greene había sido quien me contrató, no Sid. Cuando regresé de Praga envié a Jeffrey algunas de las antiguas columnas que había escrito para el periódico de la universidad y me llamó para una entrevista. Estábamos en mitad de la reunión cuando Sid pasó junto al despacho de Jeffrey, se detuvo un momento y asomó la cabeza por la puerta abierta.

–Escribes muy bien –me dijo.

Y se marchó.

Aquello hizo que Sid me cayera bien durante mucho tiempo, un simple cumplido le había bastado para ganarse una enorme cantidad de excelente disposición por mi parte, y aunque luego pasó a comportarse como un payaso, un presuntuoso y un imbécil, durante años creí que en el fondo era un hombre perspicaz, divertido e inteligente. Luego ya no. Y empecé a detestarlo, como todo el mundo. Cuando por fin pude odiar a Sid de todo corazón fue un gran alivio. Era una emoción agradable, pura, nítidamente blanca y negra en un mundo de grises. En fin, el caso es que en el periódico todo el mundo llevaba mucho tiempo esperando que Sid hiciera algo espantoso de verdad, algo que se saliera del mapa, algo peor que pagarnos mal, menospreciarnos, negarse a encender el aire acondicionado hasta el veintiuno de junio y obligarnos a meter cincuenta centavos en una caja de zapatos cada vez que queríamos una taza de café, y al final lo había hecho: había despedido a Jeffrey Greene.

Me enteré en la reunión de personal. Igual que todo el mundo. Fue una auténtica conmoción. El caso es que en *The Philadelphia Times* no se despedía a nadie. Aquí es donde acababa uno cuando lo despedían de otro trabajo. Estábamos todos en torno a la mesa de conferencias, que en realidad consistía en dos tablones viejos de aglomerado montados sobre caballetes, cuando Sid entró en la sala.

–Jeffrey Greene ya no trabaja en el periódico –dijo en tono definitivo.

Otra cosa que también tengo que contarles acerca de Jeffrey es que yo siempre había querido su puesto. Llevaba cuatro años y medio queriendo su puesto. Ahora que lo pensaba, querer el puesto de Jeffrey era lo más parecido a una ambición que había sentido jamás. Bueno, no, no es del todo cierto. Tenía un buen puñado de ambiciones inasequibles, pero el puesto de Jeffrey era la única que podía hacer realidad sin un esfuerzo extraordinario por mi parte. Para empezar, estaba en la cola para obtenerlo, y el *Times* era uno de esos sitios donde estar en la cola tiene su importancia. Era uno de los legados del pasado *hippie* del periódico: allí se desconfiaba de los de fuera y de los hambrientos de poder. Y en la oficina no había nadie más, ni en la cola ni fuera de ella, que estuviera mínimamente cualificado para ocupar aquel puesto. Cualquiera que hubiera estado mínimamente cualificado para ocupar el puesto de Jeffrey se habría marchado mucho tiempo atrás, cuando quedó bien claro que Jeffrey no tenía la menor intención de dejar el trabajo. Yo no me había marchado. Me había quedado aguardando aquella oportunidad durante cuatro años y medio. Y allí la tenía. Y estaba lista.

–Todos vamos a echar de menos a Jeffrey. Todos apreciamos a Jeffrey –dijo Sid–. Pero quisiera señalar que uno de los motivos de que apreciemos a Jeffrey es que nos dan miedo los cambios.

Sid me miró directamente, y por un momento tuve miedo de que se hubiera enterado de lo de Tom y estuviera tratando de decirme algo. Le devolví la mirada para tratar de decirle algo a mi vez. Estoy preparada para el cambio, pensé mientras le clavaba los ojos. Venga, sigue. Sentí un pequeño rayo de esperanza. Quizás así estuvieran predestinadas las cosas, pensé. Quizá Tom tuviera que dejarme para que pudiera concentrarme en mi trabajo, y entonces pasaría eso que pasa a veces cuando una mujer desvía la energía de su relación sentimental hacia su profesión: que el hombre, en este caso Tom, de repente volvería a encontrarme interesante. Todo tenía una lógica aplastante.

–Quiero presentaros a una persona –dijo Sid.

Abrió la puerta de su despacho e invitó a entrar a alguien que estaba fuera esperando, alguien que resultó ser el guaperas de la camisa azul que me había cruzado en el pasillo, que resultó ser el que iba a ocupar el puesto de Jeffrey. Toda esta información me cayó encima tan deprisa que no tuve oportunidad de reaccionar, por suerte, ya que aunque sólo entonces empezaba a sospechar que al parecer no era una buena redactora, he sabido de siempre, más allá de toda duda, que no soy una buena actriz.

5

Se llamaba Henry Wick, y había trabajado como periodista para la revista *Rolling Stone*. De hecho, así nos lo presentó Sid, como Henry Wick Que Trabajaba Como Periodista Para *Rolling Stone*. La evidente satisfacción de Sid resultaba repugnante. Si se había sentido de lo más satisfecho consigo mismo cuando consiguió contratar a un plagiador notorio al que habían despedido del *Daily News* local, cazar a un periodista de verdad del *Rolling Stone* casi le provoca una apoplejía. En fin, el caso es que Sid nos largó un discurso sobre su decisión de que ya era hora de que, como organización, subiéramos al siguiente nivel, y cómo Henry nos iba a ayudar en ese camino, y que se le había olvidado mencionar que Henry había escrito en *GQ* y en *Details*, y que hasta había publicado un artículo en *The New York Times Magazine*. Para ser justa con Henry tengo que señalar que durante todo el discurso pareció algo avergonzado. Y para seguir siendo justa añadiré que, cuando Sid nos lo fue presentando uno a uno, me estrechó la mano y me dirigió una sonrisa encantadora.

–Me alegro de que por fin nos veamos cara a cara –dijo.

Luego, Sid se encerró con él en la sala de conferencias el resto del día, es de suponer que para planear cómo iban a transformar *The Philadelphia Times* en *Rolling Stone*.

El miércoles Bonnie me llevó a almorzar al Ópera Café para animarme. Me hacía mucha falta que me animaran. Tom me había abandonado. Mi vida profesional se había ido por el desagüe. Me habían pescado mirándole el culo a mi nuevo jefe. Ya sé que hay mujeres a las que les encanta dramatizar, que se inventan culebrones para sentirse las estrellas de sus propias vidas, pero yo no soy de ésas. De hecho, me parece que en parte por eso acabé viviendo con

Tom. No le iban los dramas para nada. Si alguna vez se me ocurría ponerme dramática, salía de la habitación.

–Larry y yo queremos que conozcas a un amigo –dijo Bonnie cuando nos sentamos.

–Tom me dejó hace cinco días –señalé.

–¿Y qué?

–Que todavía estoy enamorada de él.

–Por eso, es perfecto –dijo Bonnie–. Si todavía estás enamorada de Tom, te resultará fácil comportarte como una persona normal. No te estarás jugando nada. Es una cena, ni más ni menos.

En este punto conviene aclarar que, seis años atrás, Bonnie me dio el teléfono de su primo Jake, que trabajaba como consultor y que casualmente estaba de paso por Filadelfia. Él dice que lo llamé nada menos que ocho veces. Esta información falsa llegó a oídos de Bonnie a través de una compleja red de comunicaciones que consistía en su tía, sus primas, su madre y su hermana Lisa, y como resultado Bonnie y toda su amplia familia están convencidas de que, cuando hay de por medio un hombre soltero, me comporto como la paciente de un psiquiátrico.

–Sabes que dicen que una ha de comportarse como si el tío no le interesara, ¿verdad? –insistió Bonnie–. Pues así no tendrás que comportarte. Es que de verdad el tío no te interesa.

–Si no me interesa, ¿para qué voy a salir con él? –pregunté.

–Tómatelo como si fuera un entrenamiento.

–Un momento, un momento. ¿Esto es una cita de verdad o una cita de entrenamiento?

–Depende, si el tipo te gusta es de verdad, si no, es de entrenamiento.

–Ya habíamos dejado claro que no me puede gustar porque todavía estoy enamorada de Tom, así que es una cita de entrenamiento, y en este momento de mi vida lo que menos falta me hace son citas de entrenamiento.

–Hace mucho que no sales con hombres. A los treinta y tres, las citas no son como a los veintiocho.

–Para empezar, tengo treinta y dos años. Para seguir, tú te casaste a los doce años, así que, ¿qué sabes tú de cómo son las citas a los treinta y tres? –dije–. Por cierto, mi interés por saberlo es simplemente teórico, ya que tengo treinta y dos.

–Cuando tienes treinta y dos años, o treinta y tres, es decir, cuando la palabra treinta entra en tu descripción, los hombres creen que quieres tener un bebé. Miran la televisión. Leen los periódicos. Están familiarizados con el creciente índice de mongolismo. Piensan «No está mal la chica, pero si empiezo a salir con ella, antes de seis meses me estará apretando las tuercas». Si tienes veintiocho años creen que aún les queda margen. Ellos están más relajados, tú estás más relajada, hay más posibilidades de que la cosa vaya bien.

–A mí aún me queda margen –dije.

–No.

–Sí.

–Alison, tu margen lo desperdiciaste con Tom.

Plácido Domingo empezó a cantar una canción de *West Side Story*. Puede que Bonnie tenga razón, pensé. Puede que esto no sea sencillamente otro fracaso sentimental. Tal vez éste sea el que va a destrozar mi vida, el que será la raíz de todas mis futuras frustraciones. Mi incapacidad para tener hijos, mis padres demasiado viejos para ver cómo mi hija adoptiva Ping se gradúa, el hecho de que acabaré sola sin nadie que me quiera... Pinché un trozo de queso de la ensalada. Me pregunté si tendría que ir a China a recoger a Ping o si la meterían en un avión y nos conoceríamos en la sala de espera de un aeropuerto. La verdad es que nunca he tenido interés en ir a China.

–No estoy diciendo que tengan razón –siguió Bonnie–. Te queda mucho tiempo. Wendy Wasserstein tuvo un hijo a los cuarenta y ocho años.

–Lo último que quiero es tener un hijo a los cuarenta y ocho años con esperma descongelado y que mi madre me sostenga la mano en la sala de partos –dije.

–Para entonces tu madre tendrá casi ochenta –dijo Bonnie–. Puede que hasta esté muerta.

–No creas, las mujeres de mi familia son muy longevas.

Es cierto que las mujeres de mi familia son muy longevas. Mi tía abuela Ellie seguía cortando el césped de su casa cuando tenía ciento siete años. Mi abuela, a la que todo el mundo llama abuela Texas a pesar de que vive en Idaho, tiene noventa y cuatro años, todavía conduce a diario su Chyrsler LeBaron de 1984 (aunque debido a su edad ahora se limita casi en exclusiva a girar a la derecha), y trabaja como voluntaria en el Hospital St Luke, aunque el Hospital St Luke ya no depende de la Iglesia católica sino que es propiedad de una mutua, que pese a todo le permite ocupar el mostrador de información durante tres horas todos los martes por la mañana, completamente gratis. Pocos días después de que Tom me dejara llamé por teléfono a la abuela Texas. Le conté lo que había pasado, e hice lo que me pareció un pequeño chiste.

–Bueno, ahora soy la solterona de la familia –le dije.

–No seas tonta –me respondió la abuela Texas en tono amable, abuelil–. La solterona es Claire.

Es cierto, mi prima Claire tiene treinta y ocho años y no está casada. También es cierto que es lesbiana, pero nadie se ha animado a explicárselo a la abuela Texas, que sigue creyendo que Claire y su compañera Karen sólo son dos chicas trabajadoras que no tienen suerte en cuanto a hombres se refiere. Claire y Karen llevan once años viviendo juntas, y cada mes de diciembre envían felicitaciones navideñas con una foto en la que aparecen las dos abrazando a algún perro abandonado que han encontrado cojeando en las cercanías de una gasolinera. Ellas mismas se han abandonado tanto que hay consenso general al decir que tienen una suerte inmensa de tenerse la una a la otra. Tras la conversación con la abuela Texas, fue precisamente este hilo de pensamientos el que me hizo comprender que no se podía considerar solterona a Claire, ya que había encontrado algo que parecía felicidad duradera con otro ser humano, cosa que me hizo enfrentarme a un hecho: la solterona de la familia era yo. Era un pensamiento tan deprimente, pero tan deprimente, que ni siquiera me paré a pensar en lo idiota que era en el fondo. Pero algo le pasa a la gente que está en una situación así. Bueno, a mí al menos me pasaba algo.

–Vale, saldré con él –le dije a Bonnie cuando nos trajeron la cuenta.

–Estupendo. Le diré a Larry que le dé tu número.

–¿Cómo se llama? –quise saber.

–Bob.

–¿Bob?

–No empieces.

–No estoy empezando nada.

–Larry dice que es un tipo muy agradable.

–¿Hay algo que yo deba saber?

–¿Como qué?

–¿Hay algo que me hará llamarte para decirte que no me puedo creer que no lo mencionaras antes?

–Está empezando a quedarse calvo.

Guardé silencio.

–Oye, a mí me gustaría que Larry se quedara calvo –dijo Bonnie–. Así me podría relajar de una vez.

–¿Alguna cosa más? –pregunté.

–No.

–Vale.

Salimos a la calle. Hacía un día muy agradable. Bonnie me dio un abrazo.

–No hagas tonterías, Alison. No le cuentes todo el rollo de Tom en la primera cita.

–Pensaba que el objetivo era que pudiera mostrarme tal como soy.

–Ya tendrás tiempo de mostrarte tal como eres más adelante, si la cosa va bien y le gustas –dijo Bonnie–. Pero al principio compórtate como Audrey Hepburn en *Desayuno con diamantes.* Ya sabes. Ligera. Vaporosa.

6

Para cuando llegó el viernes ya me empezaba a parecer un poco raro que Tom no me hubiera llamado. Llevaba una semana preparándome para su llamada, para la llamada siguiente, para la llamada que me daría la oportunidad de decir todo lo que no había podido decir en la primera llamada, que me había dejado muda de la sorpresa. Le iba a decir que era un gilipollas, un cabrón, un hijo de puta y un imbécil, y que no sabía qué le había visto para salir con él. Le iba a decir que Kate Pearce y él se merecían el uno al otro. Le iba a augurar que ella lo abandonaría de nuevo, igual que había hecho la primera vez, y que no se molestara en volver conmigo arrastrándose porque no lo aceptaría en mi vida ni muerta, ni por todo el oro del mundo, ni aunque fuera el último hombre que quedara en la Tierra. El viernes por la tarde, sentada ante la mesa de mi despacho, repasaba mentalmente todo esto una y otra vez cuando de repente se me ocurrió que quizá Tom no me llamara jamás. Quizá pensara que con lo de «Estoy enamorado de otra» ya había cubierto el expediente. Quizá ni siquiera me iba a dar el gusto de decirle lo gilipollas, lo cabrón, lo hijo de puta y lo imbécil que era. Sería muy propio de él, el muy cerdo.

Y entonces supe lo que tenía que hacer. Tenía que llamarlo. Tenía que llamarlo y decirle que debíamos hablar, hablar cara a cara, que, como mínimo, me merecía esa consideración. Aunque no fuera por otra cosa, era imprescindible que discutiéramos el tema de nuestra cohabitación. O sea, ¿tenía intención de pagar su parte del alquiler del mes siguiente? ¿Creía que le iba a servir de guardamuebles de sus efectos personales de manera indefinida? Puede que a Tom no le importara seguir en las nubes de su bruma sexual un poco más de tiempo, ni ir al trabajo con la ropa vieja de sus amigos con tal de aplazar el momento de enfrentarse a mí, pero yo tenía que ocuparme de muchos detalles, hacer muchos planes.

Consulté mi reloj. Las seis y cuarto. Me di cuenta de que tenía que llamarlo de inmediato, porque si no lo cogía antes de que saliera del trabajo habría que esperar hasta el lunes, ya que no sabía dónde dormía. Sabía con quién dormía, pero no dónde. Cogí el bolso y me dirigí hacia las escaleras para ir a buscar una cabina. No podía esperar hasta el lunes. Si esperaba hasta el lunes iba a reventar.

–Eh, hola –dijo Henry. También él iba hacia la puerta.

–Hola, Henry –respondí.

–¿Adónde vas?

–A ninguna parte.

–¿Quieres ir a cenar cualquier cosa?

–¿Contigo? –pregunté.

–Eso es lo que quería decir.

Consulté de nuevo el reloj. Daba igual, seguro que Tom había salido ya de su despacho. Seguro que en aquellos momentos volvía corriendo a casa para acostarse con Kate. Eso es lo que se hace al principio, volver corriendo a casa. El muy cabrón.

–Bien –dije–. Por mí bien.

Así que nos fuimos a cenar. Henry y yo. Estaba tan distraída pensando en que Tom no me había llamado, en Tom follando con Kate, en Tom en la cama con Kate, que hasta la segunda copa de vino no miré a Henry, sentado al otro lado de la mesa. No lo miré bien, quiero decir. Me estaba contando algo acerca del primer apartamento que había tenido en Nueva York. Pensé que era muy guapo. De hecho, demasiado guapo. Siempre he sido de la opinión de que salir con un hombre muy guapo es como comprar un sofá blanco: es bonito, pero te pasas el tiempo preocupada por él. (Por si se lo están preguntando, Tom no es que sea feo, pero tampoco es lo que se dice guapo. Se podría decir que es el equivalente a un sofá beis con un estampado discreto.)

Al grano: Henry. En un momento dado, no sabría decir en cuál, la conversación dio un giro y de repente Henry y yo ya no éramos dos compañeros de trabajo que hablaban de su profesión y sus apartamentos, sino un hombre y una mujer un poco borrachos, en un restaurante chino, con una vela en medio de la mesa. Bueno, la verdad es que sí sabría decir en qué momento fue. Henry se había levantado para ir al baño, y al volver tuvo que apretarse un poco contra mi silla para llegar a la suya. Mientras pasaba se inclinó un poco hacia delante.

–Hueles muy bien –dijo.

Nada más, un simple «hueles muy bien», pero de pronto nuestras risas tenían un tono un poco más conspirativo, nos rozábamos el antebrazo el uno al otro para subrayar una frase, como quien no quiere la cosa mencionábamos películas que nos gustaría ver y coincidíamos en que deberíamos ir juntos a verlas.

–¿No le importará a...? No me acuerdo de cómo se llama, el tipo que sale en tu columna –preguntó Henry.

–Hemos roto –le informé.

–Ah.

–Sí. Bueno –dije–. Sí.

–¿Qué pasó?

De manera que le conté a Henry lo que había pasado con Tom, aunque omití los detalles más humillantes, y la verdad es que una vez eliminados los detalles humillantes no quedaba mucho que contar. Por ejemplo, le expliqué que Tom y yo queríamos cosas diferentes, pero sin mencionar que lo que yo quería era a Tom y lo que Tom quería era a Kate Pearce. De manera que, aunque no le dije ninguna mentira, podría decirse que para cuando terminé de contárselo Henry pensaba que Tom y yo nos habíamos sentado un día y habíamos decidido que nuestra relación, aunque seguía siendo maravillosa, se había agotado; que habíamos tomado la decisión de una manera increíblemente racional y saludable, sin necesidad de sexo con terceras personas, ultimátums maritales ni nada por el estilo; y que los dos habíamos terminado sin el corazón roto, sólo conociéndonos un poco mejor y quizá con una pizca de pesar. Y lo que es peor, me las arreglé para dejarlo con la sensación de que todo aquello había pasado hacía cierto tiempo, de que había tenido ya ocasión de recuperar la perspectiva y cerrar aquella etapa. Me da vergüenza reconocerlo, pero lo dije con esas palabras.

–¿Te has fijado que en los chinos no hay nunca postres buenos? –comentó Henry cuando por fin nos trajeron la cuenta.

–¿A qué te refieres?

–Imagínate cuánto dinero más gastaría la gente en los restaurantes chinos al año si tuvieran algún postre medio pasable. Podrían adoptar uno. Que digan que es chino y lo pongan en la carta.

–Tiramisú –sugerí.

–Perfecto. Hasta suena a chino.

–La gente no tardaría en empezar a decir «Oye, me apetece un tiramisú, vamos a un chino».

–¿Sabes una cosa? –dijo Henry.

–¿Qué?

–Me apetece un tiramisú.

Así que pagamos la cuenta y fuimos caminando a un restaurante italiano que estaba a pocas manzanas de allí. Nos sentamos a la barra y compartimos un tiramisú y unas copitas de Sambuca. Henry me habló de su infancia en Florida y yo a él de la mía en Arizona, y después de tanto alcohol empecé a sentir que teníamos muchas cosas en común, como el importante papel que habían tenido los cítricos en nuestras respectivas infancias, la desorientadora ausencia de estaciones, la añoranza de una vida con nevadas, luciérnagas y museos de arte en los que se exhibiera algo que no fueran restos de cerámicas de nativos americanos. Puede que acabe habiendo sexo, me dije. Así se lo monta la gente. Salen por ahí, se emborrachan, hablan, el chico dice a la chica que huele muy bien, se van a casa y se acuestan. En este caso, claro, estaba la complicación de que Henry era mi jefe, pero no sería la primera vez. Bueno, para mí sí, pero no sería la primera vez en general. ¿Quería ser yo de esas chicas que tienen relaciones sexuales indefinidas pero probablemente sin futuro con su jefe? ¿Podía ser yo una de esas chicas? ¿Estaba dentro de lo posible? ¿Podía ser yo una de esas chicas que tienen relaciones sexuales indefinidas pero probablemente sin futuro con su jefe y al día siguiente se arrepienten pero, aun así, si la situación se diera de nuevo volverían a hacer lo mismo? Tienen que comprender que, hasta aquel momento de mi vida, la parte de mi cerebro dedicada al Arrepentimiento Sexual estaba ocupada por completo por gente con la que no me había acostado. Por ejemplo, estoy segura de que si me hubiera acostado con Lance Bateman cuando tenía diecisiete años y me moría de ganas, toda mi vida habría sido muy diferente. No lo digo porque me llame a engaño en cuanto a las proezas sexuales de Lance, sino porque de haberme acostado con él habría salvado el escollo, por decirlo de alguna manera, y luego mi vida habría seguido y me habría acostado con gente con la que luego lamenté no haberme acostado, al menos en su mayoría. A estas alturas sería un poco más dura, estaría un poco más herida, sería un poco más puta... pero también más lista. Sería una puta lista.

Lo que estoy intentando explicar es cómo acabó Henry en mi apartamento.

Creo que uno de los motivos por los que me he acostado con tan pocas personas es porque tardé mucho tiempo en entender algo muy sencillo: los hombres lo piden una sola vez. La verdad es que ni siquiera lo piden. Lo intentan. Lo intentan una sola vez. Por eso se quedó Holly Hunter tan contrariada cuando se quedó atrapada en la casa de Albert Brooks y no pudo acostarse con William Hurt después de que él le hubiera toqueteado la teta izquierda delante del Monumento a Jefferson. Sabía que quizá no tuviera una segunda oportunidad. Y estaba en lo cierto, no tuvo una segunda oportunidad, porque el guionista se interpuso en su camino. Una parte de mí sabía que si no me lanzaba y me iba a casa con Henry aquella primera noche, nunca habría nada entre nosotros. La ventana de la oportunidad se cerraría para siempre. De manera que, cuando Henry me acompañó a casa y me preguntó si podía subir a ver mi apartamento, le dije que sí.

Cuando entramos fui a la cocina a servir algo de beber. Desde allí oí a Henry rondar por la otra habitación.

–¿Te vale una cerveza? –pregunté.

–Perfecto –dijo Henry.

–Bien.

–¿Juegas al golf? –quiso saber.

–No. ¿Y tú?

–Un poco.

Henry se materializó en la puerta de la cocina. Se apoyó en el marco de la puerta con los brazos cruzados sobre el pecho y me miró.

–¿Tienes por casualidad un hermano que juega al golf y guarda sus palos en el vestíbulo de tu apartamento?

–No –dije.

–Empiezo a tener la sensación de que tal vez no debería estar aquí.

–¿Por qué no?

–¿Cuánto hace que se fue, una semana?

¿Tan evidente resultaba?

–Más tiempo –dije.

–Ningún hombre que juegue al golf tan a menudo como para guardar los palos en la entrada de casa se pasa más de una semana sin ellos.

–No hace mucho que se fue, pero sí que lo nuestro terminó.

–Ah.

–Tú y tus ahs.

–Me dan tiempo para pensar –dijo Henry.

–¿Y en qué estás pensando?

–Me preguntaba cuándo ibas a escribir sobre eso.

–No sé si lo escribiré.

–Pues es justo el tipo de cosas acerca de las que escribes.

–Voy a escribir sobre los restaurantes chinos y el tiramisú.

–Yo creo que no vas a escribir acerca de ello hasta que estés segura de que ha terminado.

No dije nada.

–Lo que quiere decir que no estás segura de que haya terminado –siguió Henry–. Lo que quiere decir que yo debería marcharme.

–No es estrictamente imprescindible –dije con voz ronca. Nada más decirlo ya estaba arrepentida. Tal vez Henry estuviera buscando una manera elegante de irse y yo se lo había puesto imposible. Tal vez le había cortado la retirada–. Si quieres marcharte, márchate –dije, y luego, aterrada, temiendo que pensara que quería que se marchase, lo intenté arreglar–. Pero no te marches por… ya sabes, por él.

A ver si me explico, que se entienda lo que quiero decir. A mí me parece que si uno no tiene relaciones sexuales entre los dieciséis años y los veintidós, por poner una edad, se pierde algo muy importante. Hay un montón de cosas cruciales que yo no llegué a aprender, por ejemplo cómo se pasa de una mirada significativa por encima del tiramisú a la cama sin humillarse por el camino. A veces tengo la sensación de que hay todo un mundo de signos, señales y puede que de apretones de manos secretos que yo me he perdido, y que el resto de la humanidad se dedica a decirse junto a las máquinas expendedoras de agua y en las colas de los supermercados si quieren tener relaciones sexuales o no, si se apuntan sólo para pasar un buen rato o si quieren llegar a algo importante, mientras yo paso por ahí sin enterarme de nada.

Por suerte, Henry acudió al rescate. Dejó la cerveza en la encimera de la cocina, tomó mi rostro entre sus manos y me dio un beso, un beso de primera, por si les interesa.

–¿Tú qué quieres que haga? –preguntó.

–Creo que deberías quedarte –dije.

–Bien.

–Pues eso.

–Pues eso.

Nos sentamos en el sofá. La cosa siguió su curso. Cuando fue del todo evidente adónde nos llevaba aquello, sentí algo muy parecido a un ataque de pánico. Hice lo único que se me ocurrió, que fue disculparme para ir al baño.

Cerré la puerta y me senté en el retrete. Vergüenza me da decirles lo que estaba pensando... Vale, lo diré: «¿Y si después me echo a llorar?». Eso era lo que estaba pensando. Y otra cosa aún más alarmante: «¿Y si *durante* me echo a llorar?». Es cierto que se puede decir que doy demasiadas vueltas a las cosas, pero la posibilidad de que me echara a llorar era muy evidente. No sólo me iba a acostar con un hombre del que no estaba enamorada, me iba a acostar con un hombre del que no estaba enamorada al tiempo que estaba enamorada de otro hombre. En el pasado no había hecho nada ni remotamente parecido, y por los datos que tenía tal vez mi sistema nervioso central no pudiera soportarlo. Los plomos se fundirían. Además, llevaba siete días llorando mucho en la cama, entraba dentro de lo posible que hubiera desarrollado una especie de respuesta pavloviana al contacto con las sábanas. Pensé que sería mejor que lo hiciéramos en el suelo. Sí, en el suelo. Por un momento me sentí mejor, hasta que me di cuenta de que era probable que Henry estuviera ya en la cama –¿hasta qué punto éramos adultos?–, y si era el caso no había manera de sacarlo y tumbarlo en el suelo sin quedar como una chiflada. Aquello me hizo recordar la última vez que había tenido relaciones sexuales en el suelo, con Tom, claro, hacía ya muchos, muchos meses, en mi antiguo apartamento. Recordé cómo había abierto los ojos en mitad del asunto y me había encontrado mirando directamente al anverso de la mesa de mi cocina (sí, fue en el suelo, y encima en la cocina), y vi que alguien había pegado allí una bola de chicle verde, y cuando me di cuenta de que estaba pensando en quién habría pegado el chicle en vez de en lo que estaba pasando, en el sentido sexual, sentí una tristeza terrible. Al día siguiente se lo conté a Bonnie y me dijo que no era para tanto, que a veces ella se descubría preparando mentalmente la merienda de sus hijos mientras hacía el amor con su marido, Larry, cosa que sólo sirvió para entristecerme todavía más. En aquel momento, sentada en el baño tantos meses después, me di cuenta de que si Tom había querido hacer el amor en el suelo de la cocina era seguramente para incrementar el nivel de pasión de nuestra relación, y mientras allí estaba yo, pensando en el chicle. *Kate es como una droga.*

Me levanté. Me miré la cara en el espejo del lavabo. Para mí era evidente que algo estaba a punto de cambiar, y no sabía si sería para bien o para mal. Lo cierto era que no sabía nada, excepto que iba a salir y a acostarme con Henry, y aunque con eso no borraría a Tom de mi mente, o no era seguro que lo borrara, sí que lo situaría un poco más lejos, al menos por un tiempo, cosa que a mí me bastaba.

Abrí la puerta del baño. Efectivamente, Henry se había ido al dormitorio y, aunque todavía no estaba dentro de la cama, se encontraba lo suficientemente cerca como para que lo del suelo quedara descartado, y fue mejor así, teniendo en cuenta cómo se desarrollaron los acontecimientos. Nos besamos durante un rato, luego hicimos el amor y luego Henry se quedó dormido y yo miré el techo con una sonrisa idiota durante hora y media, y luego me levanté para ir al baño y cuando volví Henry estaba despierto y lo volvimos a hacer otra vez, y luego yo también me quedé dormida, toda feliz.

(Vale, vale, ya sé que quieren detalles. Sé que quieren saber acerca del tamaño de su pene, descripciones de los orgasmos, las posturas, las maniobras, las mamadas y todo eso, pero hay un problema: mi madre vive todavía. Y por mucho que quiera contarles todo esto, si lo hiciera la tendría que matar. Además, mis pobres padres tampoco lo podrían soportar, ninguno de los dos. Tendría que matarlos también a ellos. Y a mi abuela Texas. Y a los posibles hijos que llegara a tener; en cuanto aprendieran a leer tendría que matarlos para ahorrarles sufrimientos. Aun así, comprendo que me han acompañado ustedes un largo trecho y merecen saber ciertas cosas. Merecen saber que Henry resultó ser lo que suele denominarse habitualmente «Bueno En La Cama». También merecen saber que por primera vez comprendí por qué esa cualidad de algunos hombres goza de tan alta estima entre las mujeres, no sé si me entienden, me imagino que sí...)

[illegible]

[illegible]

7

Puede que estén pensando que, para estar enamorada de otra persona, me había dado mucha prisa en meterme en la cama con Henry. O sea, yo misma pensé que me había dado mucha prisa en meterme en la cama con él, así que me imagino lo que deben de opinar ustedes. Me veo en la obligación de señalar que aquello era impropio de mí. Bien pensado, era tan impropio de mí que tal vez hubiera dado la vuelta completa y fuera propio de mí. Una de las cosas más duras de tener un pasado religioso como el mío es que hace muy difícil saber qué partes de ti son tuyas y qué partes no. En ese aspecto era donde mis once años de psicoterapia a trece dólares la hora se estrellaban siempre contra un muro de piedra. Cuando me veía enfrentada a un dilema moral, el terapeuta de turno, fuera el que fuera, decía siempre lo mismo: «Confía en ti misma». Era como un mantra. Confía en ti misma. Confía en ti misma. Y yo me quedaba allí sentada, en una de las sillas de plástico naranja de la clínica, y lo intentaba con todas mis fuerzas, pero siempre acababa enfrentada al hecho de que una de las cosas que me habían enseñado en la iglesia era a no confiar en mí misma.

No me gusta eso de culpar a la iglesia de todo lo que me ha ido mal en la vida. Me doy cuenta de que, para ser algo que no me gusta, lo hago muy a menudo, pero la verdad es que tengo la sensación de que el resto del mundo ya se dedica bastante a vapulear a los cristianos evangélicos, no hace falta que yo contribuya. Al fin y al cabo, un cierto nivel de chifladura en lo que respecta al sexo no es un precio alto a cambio de pasar por la vida con la seguridad inamovible de que vas a acabar en el cielo. Pero lo malo de madurar con una visión del mundo dualista y muy polarizada es que, si te decides a salirte del camino y hacer las cosas a tu manera, lo único que te queda es lo malo.

Lo primero que pensé la noche de la cena no fue, como creo haberles contado, que lo del anillo había sido un error. Eso fue lo segundo que pensé. Lo primero que pensé fue «Vaya, así es como ha decidido castigarme Dios». Como si Dios hubiera dejado de lado su apretada agenda y su tarea de rescatar de los tejados a víctimas de inundaciones y cerrar agujeros en los corazones de recién nacidos, para castigarme haciendo que Tom fuera a comprar mostaza y no volviera. Ya sé que hablo de manera muy factual, muy literal, de algo que sólo existe en una realidad metafísica, y eso si existe, pero es otro de los problemas que tenemos los evangélicos. Somos muy literales. Si no me creen intenten insinuar a un evangélico que a veces un símbolo no es más que un símbolo y ya verán.

Gil-el-homosexual era cristiano evangélico cuando lo conocí (ahora que es gay no sé qué será). En aquella época, Gil era tan cristiano que nos conocimos en el sótano de una iglesia, cuidando a niños desfavorecidos. Nuestra iglesia había puesto en marcha un programa que ponía a un grupo de chiquillos bajo nuestra influencia todas las tardes de los martes. Les cantábamos canciones sobre Jesús mientras se tiraban cosas unos a otros y luego les ayudábamos a hacer los deberes del colegio. El truco consistía en conseguir que te asignaran a uno de los adorables niños de siete años, a los que se podía sorprender con regalos como cuadernos para colorear, pegatinas y cajas de lápices de colores, en vez de un beligerante adolescente de catorce que te recibiera cada semana con un «¿Qué me traes esta vez?». La verdad es que no sé por qué lo hacíamos. Los niños supongo que porque querían las pegatinas. Yo porque quería un novio. Quería un novio que fuera cristiano pero sin pasarse, que fuera guapo e inteligente, que tuviera un trabajo interesante y sentido del humor, que pudiera decir «joder» si la situación lo requería, que hubiera intentado leer *La ciudad de Dios* de San Agustín sin conseguir acabárselo, que discutiera sobre política con mi madre y sobre negocios con mi padre, que disfrutara de la comida india y tuviera amigos simpáticos y vistiera bien y quisiera vivir en el extranjero algún día. Estaba en el sótano de la iglesia, miré a mi alrededor, y allí estaba Gil.

Acabo de darme cuenta de que no les he dicho el apellido de Gil, lo que implica que les he privado de una buena parte de su historia.

El apellido de Gil era Chang. Pese a lo que pueda parecer Gil Chang no era asiático, lo que me lleva a la parte de la historia de Gil que no les he contado todavía. Gil había asistido a una diminuta universidad baptista de Alabama donde, entre otros anacronismos, a los estudiantes se les prohibía besarse a menos que estuvieran prometidos. Todo el mundo se prometía, claro. Todo el mundo se prometía, luego la mayor parte de ellos se casaban, y nada menos que un sesenta por ciento se divorciaban menos de tres años después de la graduación.

El caso es que, según lo cuenta Gil, él quería besar a una dulce muchachita que estaba con él en la clase de Nuevo Testamento, y para cuando se quiso dar cuenta se había casado con ella. Se llamaba Lily Chang, era china, y Gil había pensado que para sus futuros hijos sería más fácil ir por la vida si tuvieran un apellido étnicamente apropiado, de manera que había adoptado el de Lily, una actitud muy progresista por su parte, si lo piensan bien. Lily también resultó ser muy progresista, aunque a su manera: ocho meses después del matrimonio lo abandonó por un profesor de tango argentino. Gil se quedó con los amigos, los muebles, los regalos de boda y, en una decisión estrafalaria que nunca se dignó a explicarme de manera satisfactoria, con el apellido de Lily.

Ésa fue una de las cosas a las que me aferré cuando empecé a enfrentarme a las pruebas de la homosexualidad latente de Gil: el hecho de que había estado casado. Los gays no se casan, pensaba yo cuando lo veía sujetar una bombilla con un pañuelo antes de desenroscarla. Luego, cuando ya apenas podía seguir engañándome a mí misma, Gil y yo empezamos a acostarnos juntos. Los gays no se acuestan con mujeres, pensaba yo cada vez que se levantaba de la cama en mitad de la noche para quitar el polvo. No sé cómo había llegado a la conclusión de que les era imposible en el sentido biológico, que la hidráulica no funcionaba. Y el hecho de que Gil hubiera estado casado explicaba muchas cosas. De hecho, por eso tenía una cama imperio de cerezo: había sido el regalo de boda de los padres de Lily. Aquella cama ocupaba la mitad de su apartamento. La otra mitad estaba abarrotada de bandejas de plata, candelabros de bronce y jarrones de cristal, y había una vajilla de catorce servicios de porcelana, exhibidos con toda delicadeza en un aparador de cristal en la sala de estar, por no mencionar los juegos de posavasos sobre cada mueble, que por supuesto estaban pulidos hasta resultar deslumbrantes.

Claro que tendría que haberme imaginado lo de Gil. Igual que uno sabe lo de las latas de conservas melladas. Pero ocurre una cosa: a todo el mundo se le advierte sobre el peligro de las latas melladas, pero no todas las latas melladas están malas, de lo contrario estaría prohibido venderlas, ¿no? Así que alguien compra esas latas melladas. Alguien se las lleva a casa, las abre, examina el contenido y se la juega a ver si está en condiciones para comérselo o no. Y les voy a decir la verdad: cuando una tiene veinticinco años, es virgen, se niega a salir con hombres que no sean cristianos, y no sólo eso sino que además han de ser un tipo de cristianos muy concretos, todas sus opciones son latas melladas. Cuando por fin Gil y yo rompimos, eché otro vistazo a mi alrededor en el sótano de la iglesia y tuve lo más parecido a una visión de verdad que he tenido en toda mi vida. Allí estaba Brian Berryman. Soltero. Treinta y dos años. Abogado. Príncipe entronizado del sótano de la iglesia. Con una moralidad tan estricta que no creía en salir con chicas; creía en la oración. Llevaba desde los dieciséis años pidiendo una esposa en sus oraciones. Había escrito una lista con todas las cualidades que quería que poseyera, se pasaba la vida repasándola y luego rezando sobre ella, volviéndola a repasar y luego caminando como quien no quiere la cosa entre las mujeres solteras de la iglesia. Una mujer de corazón puro, decía la lista. Un espíritu tranquilo y gentil. Una naturaleza sumisa. Oí una voz que me decía: «¿Es esto lo que quieres de un marido?». Bueno, en realidad no oí ninguna voz, pero me resultó claro como la luz. Comprendí que si seguía buscando maridos en sótanos de iglesias iba a acabar con una lata muy, muy mellada. Y, pese a todos sus defectos, Gil al menos me había librado de mi virginidad, así que ya estaba en condiciones de aventurarme por el mundo y salir con hombres normales que querrían acostarse conmigo. Que hasta lo considerarían normal.

Ya me gustaría a mí saber qué habrían hecho ustedes si hubieran estado en mi pellejo. Sí, ¿qué habrían hecho? No hay manera de explicar a todo lo que me enfrentaba. A años y años de perogrulladas sobrecogedoras que me habían predicado una y otra vez como si fueran el Evangelio. «Nadie quiere la ropa que todo el mundo ha estado manoseando en las rebajas. Nadie quiere una flor cortada antes de florecer.» Y durante mucho tiempo todo esto me pareció de lo más lógico. Claro que nadie querría ropa manoseada. Claro que nadie querría una flor cortada antes de florecer. Pero un buen día me di cuenta: no soy una flor, y no soy una prenda de vestir, me dije. No era un objeto. Me sentí de maravilla al superar aquello, y hasta el día de hoy sigo considerando que aquella revelación fue el principio de mi despertar feminista, algo atrofiado, lo reconozco. Tom me decía siempre que yo era tradicional cuando me convenía ser tradicional y liberada cuando me convenía ser liberada, y aunque no pretendía que fuera un piropo a mí siempre me lo pareció. De todos modos a menudo me he preguntado por qué nunca he sido capaz de convertirme en una feminista hecha y derecha. A veces creo que es porque, tras escapar de una rama de la ortodoxia farisaica, no quería meterme en otra, pero también es posible que sea porque soy una pavisosa de mierda. En fin, qué más da. Soy lo suficientemente feminista para que ciertas cosas me hagan enfadar. O sea, una cosa es vivir en una sociedad que considera que las mujeres son objetos, y otra muy diferente que una niña vaya a la iglesia y le metan en la cabeza que es un objeto. Me entraron ganas de dejarme manosear entera sólo para molestarlos. Eso hice, y fue muy divertido, y durante una temporada pensé que me había liberado de todo aquello. Pero no me había liberado, en el fondo no, o al menos no de una manera significativa. Porque cada vez que me paraba a pensar en lo que nos había sucedido a Tom y a mí, una parte de mí seguía creyendo que la base del problema era sencillamente que él había perdido el interés por el chicle que ya había mascado. Había estado consiguiendo leche gratis y por tanto no había comprado la vaca, y de repente le apetecía una vaca nueva. ¿Qué derecho tenía yo a sorprenderme? Al fin y al cabo, era lo que me habían estado advirtiendo toda mi vida. Se me había explicado en términos bien claros cuáles eran los resultados de la libertad sexual: que terminaría sola, sin nadie que me quisiera, sin marido, sin hijos, que sería objeto de desprecio y compasión, sin ni siquiera el consuelo de mi fe. Así que allí estaba yo, tendida en la cama, la mañana siguiente a haberme acostado con Henry, sola (porque ya se había marchado), sin nadie que me quisiera (puedo confirmar que no me sentía nada querida), y preguntándome qué parte de todo lo que me habían dicho no se estaba haciendo realidad.

Me doy cuenta de que, al hablar del tema de mi fe, me he concentrado casi exclusivamente en lo del sexo. Seguro que están pensando que en la tradición espiritual de san Pablo, Tomás de Aquino y Martín Lutero tiene que haber algo más. Pues sí, pero no les voy a aburrir con todo eso. Lo cierto es que mis sentimientos al respecto son un tanto complicados. Muchos de ellos son negativos, sin duda, y los que no son negativos me cuesta trabajo formularlos. Supongo que si hubiera recibido una educación de cristiana cientista todas estas locuras girarían en torno a otra cosa completamente diferente, como ir al médico. La cosa sería así: no habría ido al médico en mi vida y cuando por fin lo hiciera sería a causa de las dudas, la curiosidad y una necesidad desesperada de atención médica, y al ver que el mundo no había dejado de girar por haber ido al médico sentiría aún más dudas, y no tardaría en estar yendo al médico constantemente, y ya no sería cristiana cientista. Por supuesto que veo que esto es ridículo. Lo que no siempre es tan fácil es ver lo ridículo que resulta uno mismo.

8

Cuando me desperté el sábado por la mañana Henry ya se había marchado. Me quedé un rato en la cama, a solas, analizando mis sentimientos. Era una de las cosas que había aprendido durante los años de terapia. El problema era que últimamente, cuando me sentaba para analizar mis sentimientos, veía que lo que sentía eran ganas de vomitar. Traté de recordar lo que me había dicho Janis Finkle: «Deja que pasen a través de ti como una ola. Contémplalos igual que contemplas las nubes que se mueven por el cielo».

Me incorporé en la cama y decidí que no me iba a comportar como una lunática. Aquello había sido sexo informal, yo me iba a mostrar informal al respecto. Me levanté y fui al baño, y allí fue donde encontré la nota. Estaba apoyada contra el espejo del lavabo. De inmediato, cogí el teléfono y llamé a Cordelia. (En situaciones como ésta mi amiga es Cordelia, no Bonnie.)

–¿Y qué dice? –me preguntó Cordelia cuando le conté lo de la nota.

–Ten en cuenta que es mi jefe –le dije–. Así que me parece que esto es una especie de broma de oficina.

–¿Qué dice? –preguntó de nuevo.

–Buen trabajo.

–¿Buen trabajo?

–Sí. Dice «Buen trabajo, Alison. Henry».

–Vale, ya entiendo, es una broma –dijo Cordelia–. Una nota ingeniosa. De ninguna manera ofensiva.

–Lo mismo opino.

–Pero...

–Ya lo sé.

–Bueno, no te preocupes.

Sí estaba preocupada.

–A mí me parece que si has tenido unas relaciones sexuales estupendas con una persona, y no una vez, sino dos, te quedas para repetir por la mañana, ¿no?

–¿Lo hicisteis dos veces? –quiso saber.

–Sí.

–¿Dos veces seguidas o dos veces con intervalo?

–Dos veces con intervalo –dije–. Entre medias se quedó dormido. ¿Tiene eso importancia?

–Lo cierto es que no –respondió Cordelia–. Pero me gusta saber todos los detalles.

–¿Tú qué opinas?

–A ver. –Mi amiga respiró hondo–. ¿Es posible que las relaciones sexuales fueran estupendas para ti... y para él sólo fueran relaciones sexuales?

Tardé un momento en responder.

–¿Es eso posible?

–Y tanto que sí. Con Jonathan era lo más normal, yo me lo pasaba en grande y él nada, tumbado allí, deseando que yo fuera una modelo de ropa interior.

–¿Te lo llegó a decir?

–Era muy sincero conmigo –asintió Cordelia–. El muy cabrón.

Era verdad que Jonathan era un cabrón de primera, y le había hecho cosas espantosas a Cordelia. Ella decía siempre que si lo había aguantado tanto tiempo había sido por el sexo. Para Cordelia el sexo es muy importante. Ha tenido muchas relaciones, y tiene teorías muy interesantes sobre el tema. De hecho una de las teorías de Cordelia fue la causa de que yo supiera que las relaciones sexuales que tenía con Tom no eran buenas, mucho antes de tener unas relaciones estupendas con Henry. Ahí va la teoría: el sexo, cuando se hace bien, es como en las películas. Si ves a los actores hacer el amor en una película y dices para tus adentros, «Venga ya, en la vida real nadie hace el amor así, eso sólo pasa en las películas», entonces es que tus relaciones sexuales no son de las buenas. Cuando empecé a acostarme con Gil-el-homosexual intenté discutir este punto con Cordelia. «¿Y qué pasa con *Atracción fatal*? –recuerdo que le dije–. ¿Con el grifo abierto y todos los platos en el fregadero?» Cordelia se limitó a arquear una ceja, un gesto muy típico de ella, y me quedé convencida de que si ella lo decía algo habría de verdad.

–Vale, sigo. Me lo he pasado en grande –dije–. Dos veces. Me lo he pasado en grande dos veces. Y voy, me quedo tumbada, mirando al techo, y adivina en qué estoy pensando.

–¿En qué estás pensando?

–En cuánto tiempo tendrá que pasar para que nuestra relación llegue al punto en el que pueda levantarme e ir al baño a ponerme crema hidratante nada más terminar.

–Estás mal de la cabeza –dijo Cordelia–. ¿Lo sabías?

–Claro.

–Este tipo no es el tipo. Te lo digo yo.

–Ya lo sé.

–Haría falta mucho para convertir a este tipo en el tipo –siguió–. Pero tal vez pueda ser tu tortita grasienta.

–¿Mi qué?

–Cuando estás preparando tortitas, la primera chupa toda la grasa de la sartén, y tienes que tirarla –explicó Cordelia–. Henry puede chuparse toda la grasa que te ha dejado Tom encima. Y luego ya tendrás la sartén lista.

–No me parece muy buena metáfora –dije–, pero me gusta.

–Es de mi madre. Solo que ella está casada con su tortita grasienta. Siempre que se pelean me dice lo mismo: «No cometas el mismo error que yo, tira a la basura las tortitas grasientas».

–Entonces, ¿qué tengo que hacer? –pregunté.

–Muy sencillo –respondió Cordelia–. Disfruta de tu tortita grasienta. Y luego tírala.

Me preocupa haberles causado la impresión de que estaba disgustada por lo que había hecho con Henry, así que voy a tomarme un momento para corregir esa impresión. Pues no, no estaba tan disgustada. Bueno, a un nivel objetivo sabía que debería sentirme ofendida: Henry se había largado en mitad de la noche, me había dejado la notita de «buen trabajo», no me llamó ese sábado, ni siquiera el domingo... Pero también he de reconocer que sentía una cierta emoción, era innegable. Vaya, ¡pero si aquel tipo ni siquiera sabía mi segundo nombre! Era como si de repente estuviera viviendo una vida que hasta entonces sólo había conocido por los libros, como si un buen día me levantara y me encontrara convertida en un vaquero de rodeo, un explorador portugués del siglo XVI o una geisha. Así de importante me sentía. Tras pasarme toda la vida bajo una amplia variedad de restricciones, expectativas y admoniciones –muchas de las cuales se podrían resumir en la idea de que el sexo se utiliza para arrancarle a un hombre un compromiso de por vida, y cualquier cosa que quede por debajo de eso se considera un fallo táctico por parte de la mujer, un fallo de consecuencias calamitosas–, por fin había tirado por la ventana todas las advertencias, tras muchos años de estar a punto de tirarlas. Y que digan lo que quieran acerca de los peligros de la libertad sexual, nadie me había contado la verdad sobre el tema y es que se parece muchísimo a la verdadera libertad.

El domingo por la tarde escribí una columna acerca de los restaurantes chinos y el tiramisú. Me doy cuenta de que como transición no es gran cosa, pero es lo malo de contar una historia como la que les estoy contando: hacen falta demasiadas transiciones. Estoy acostumbrada a escribir columnas, columnas muy breves, y por tanto lo de las transiciones no se me da bien. Una buena columna explora una idea, bumba, nada más entrar ya estás saliendo, luego el lector hace su propia transición, a otro artículo, o a anudarse los zapatos, o a bajar del autobús o a lo que sea. Pero aquí tengo que seguir narrando la historia, y del resto de ese fin de semana en concreto lo único que hace falta saber es que escribí mi columna el domingo por la tarde, como hago siempre, y el lunes por la mañana entré en el despacho, como hago siempre, con mi texto sobre los restaurantes chinos y el tiramisú en un disquete. Iba guapa. O sea, iba más guapa que de costumbre, aunque no supe cuánto hasta que entré en el despacho y Olivia y Matt empezaron a hacer comentarios al respecto. Supongo que tenía el mismo aspecto que tendría un lunes por la mañana una chica que se hubiera acostado con su jefe el viernes por la noche, pero no quería que Olivia lo adivinara y por eso acabé contándoles a ambos lo que había pasado con Tom. Olivia es de las que se huelen estas cosas a distancia. Es una firme partidaria de la escuela de sexualidad «donde hay humo hay fuego», o sea, que si te parece que dos personas se acuestan juntas, es que se acuestan juntas (y el corolario de que si te parece que una persona es gay, es que lo es).

–¿Por qué vienes tan arreglada? –preguntó Matt.

–No voy tan arreglada –respondí.

–Claro que sí. ¿Verdad, Olivia? –insistió–. ¿A que Alison está muy guapa esta mañana?

Olivia me miró de arriba abajo sin perder detalle y asintió.

–Tom y yo hemos roto –dije.

–¿Qué? –exclamó Olivia–. ¿Cuándo?

–No quiero hablar del tema –dije–. Estabais preguntando que por qué venía tan arreglada y ahora ya lo sabéis.

–Porque vuelves a estar de caza.

–No estoy de caza –repliqué–. Lo que pasa es que me sentía mal y quería tener buen aspecto, no fuera a ser que me viera en el espejo y acabara aún más deprimida.

–¿Qué pasó? –preguntó Olivia.

–No quiero hablar de eso –dije.

–Por supuesto que quieres hablar de eso –dijo Olivia–. Cuéntanos lo que pasó.

Los miré a los dos. Era obvio que no iba a escapar de allí sin hablar.

–Tom dice que nos estamos distanciando.

–Chorradas –bufó Olivia.

–No tienen por qué ser chorradas –le dijo Matt–. A lo mejor se estaban distanciando de verdad.

–Es justo la clase de excusa chorra con la que salen siempre los hombres –insistió Olivia–. Significa que quiere follar con desconocidas, ni más ni menos.

–En realidad, creo que sabe muy bien con quién quiere follar –señalé.

–¿Con quién? –quiso saber Olivia.

–Se llama Kate Pearce y ya se la está follando.

–¿Cómo lo sabes?

–Tienen una aventura desde mayo.

–¿Te lo ha dicho él?

–Me dijo que estaba enamorado de otra. El resto lo he averiguado yo.

Olivia se acercó a mi escritorio y aposentó una nalga sobre él.

–¿Quién es? –quiso saber.

Les hablé un poco de Kate. Les dije que era huesuda y que el pelo se le pegaba a la cabeza como un casco. Les dije que tenía una fragilidad de niña pequeña que me daba ganas de vomitar. Les dije que le había regalado lasaña a Tom por su cumpleaños y que debería haberme imaginado cómo iba a terminar aquello, pero no me lo imaginé. (Tentada estoy de dejar fuera de esto el asunto de la lasaña, porque es un detalle un poco desorientador. Kate Pearce no es de las que preparan lasaña, pero sí, preparó una para Tom al principio, antes de que empezaran a acostarse, y la verdad, fue una jugada muy astuta.)

–¿Qué quieres decir con lo de huesuda? –preguntó Matt–. ¿Que es delgada?

–Quiere decir huesuda –dijo Olivia–. La palabra «huesuda» existe.

–No. Tiene razón. Es delgada –dije–. Es muy guapa. Es delgada y muy guapa.

–Es nueva –señaló Olivia.

–De eso se trata. No es nueva. Salieron juntos tres años en la universidad y al final ella lo plantó.

Entonces les conté a Matt y a Olivia mi teoría, la que había estado desarrollando durante la mayor parte de la semana anterior. Cuando Tom tenía dos años, su madre se fue a Hollywood para convertirse en una estrella del cine, pero lo máximo que consiguió fue un pequeño papel secundario como enfermera en una serie que se llamaba *Daniel Denby, médico.* La abuela de Tom, que fue la que lo crió, le ponía el pijama y lo sentaba delante del televisor todos los jueves por la noche, para ver si veía a su madre aunque fuera un instante, pero hasta eso solía acabar en decepción, porque su papel era tan minúsculo que en muchos episodios lo cortaban. En mi opinión, eso explicaba algunas cosas de la psicología de Tom. Tenía una gran cantidad de rabia contenida contra las mujeres. Sentía una fuerte añoranza inconsciente de su madre. Y mi teoría era que el regreso de Kate a la vida de Tom después de tantos años había disparado aquellos sentimientos y él no pudo resistirse.

–Sí –asintió Olivia–. Está reviviendo el psicodrama de su infancia.

Matt se giró hacia mí.

–Y adivina quién es la abuela –dijo.

Dejé caer la cabeza sobre el escritorio. Olivia empezó a dar vueltas por el despacho.

–Es perfecto. Quiere a la mujer que lo abandonó. No lo puede evitar. Está predestinado. Su aparente imposibilidad de comprometerse con la abuela...

–Por favor –supliqué.

–Pero esta vez, mami también lo quiere. Empiezan a acostarse, y tienen esas relaciones tan ardientes que sólo se tienen cuando hay algo más, algo primario, algo transgresor, aunque en realidad Tom no sabe lo que le está pasando. Sencillamente cree que ha encontrado a su alma gemela. Cree que ha encontrado su pieza perdida.

–Me están dando arcadas –dije.

Olivia me miró.

–Pero claro, puede que me equivoque –dijo.

–Me voy a suicidar –dije.

–No sería la primera vez que me equivoco.

–Los tíos se quieren acostar con sus ex novias. Punto final –dijo Matt. Se volvió hacia Olivia–. Es increíble que te paguen por escribir una columna de consejos.

Olivia se fue a buscar una taza de café y, tras un momento, Matt se acercó a mi escritorio y se sentó encima.

–Supongo que te darás cuenta de que ha sido lo mejor para ti –dijo.

–¿A qué te refieres?

–Cuando tu pareja te abandona, siempre es mejor que sea por otra persona –señaló Matt.

–¿Y eso por qué?

–Porque si no significa que de verdad, de verdad, no te puede soportar.

Me lo quedé mirando.
–Así, de esta manera, no es nada personal –siguió.
–A mí me parece muy personal –dije.
–Tú confía en mí.
–Lo intentaré.

9

El martes por la noche después del trabajo me encontré con Bob, mi cita a ciegas, en un restaurante italiano. Lo divisé nada más entrar. Era el tipo calvo sentado a la barra. Pagó su consumición y nos sentamos a la mesa.

–¿Te importa si te pregunto cuántos años tienes? –dijo Bob.

–Treinta y dos –respondí–. Y no, no me importa. ¿Cuántos años tienes tú?

–Cuarenta y seis –dijo.

–¿Tienes cuarenta y seis años?

–Sí.

–Vaya –dije.

–¿Qué pasa?

–Nada. Sólo que me sorprende que Bonnie no mencionara el tema de nuestra diferencia de edad.

–A mí no me parece que haya una gran diferencia de edad –replicó Bob.

–¿Catorce años no te parecen una gran diferencia?

–La verdad es que no.

–¿Cuándo fue la última vez que saliste con una mujer de sesenta años? –pregunté.

Bob se echó hacia atrás en la silla y me miró con los ojos entrecerrados, de una manera que él debía de considerar muy seductora, seguro.

–Ya me insinuó Larry que habría algún problema contigo.

–¿Qué te dijo?

–No recuerdo las palabras exactas. Sólo me dejó con la impresión de que habría algún problema contigo. ¿Te preocupa el tema de mi edad?

–Pues sí, un poco.

–¿Y eso por qué?

–Porque algún día, cuando tenga cuarenta años, tal vez quiera salir con un tipo que tenga cuarenta y seis, sea soltero y médico, y no podré porque todos estaréis saliendo con mujeres de treinta y dos años con los óvulos más frescos.

–Desde el punto de vista fisiológico, los óvulos a los treinta y dos años ya no son tan frescos –dijo Bob. Se puso en plan médico–. Eso de la barrera de los treinta y cinco es un mito. La fertilidad desciende de manera brusca a partir de los treinta y cinco, pero mucho antes ya se ven irregularidades cromosómicas en un número estadísticamente significativo.

–¿Cuánto antes? –pregunté.

–A los veintiocho o a los veintinueve. Si yo fuera mujer habría tenido todos mis hijos antes de los treinta. No es una opinión muy popular hoy en día, ya lo sé, pero hay pruebas científicas.

Hice una larga pausa.

–No puedes tener esta conversación con las mujeres con las que salgas –dije por fin.

–¿Y eso por qué?

–Porque... Porque te lo prohíbo.

Se echó a reír.

–Así que me lo prohíbes.

–Exacto –dije–. Como persona que se ve obligada a compartir este planeta contigo, te prohíbo que vuelvas a mantener esta conversación con una mujer con la que estés saliendo.

–Si tuvieras unos años más no habría hablado de esto contigo. En serio. Muchas veces salgo con mujeres de treinta y cinco años y no menciono el tema –dijo Bob–. Mira, cuando una mujer soltera de treinta y cinco años me ve, de inmediato piensa que soy su oportunidad de tener un bebé y de paso reducir de manera drástica las posibilidades de padecer cáncer de mama.

Pensé que no sería mala idea tirarle algo. Tal vez uno de los panecillos. Y con fuerza.

–Hace poco leí un artículo muy interesante –siguió–. Decía que las mujeres de cuarenta y tantos años que no consiguen quedarse embarazadas no tienen por qué preocuparse, ya que la ciencia está evolucionando tan deprisa que sólo tienen que esperar veinte años más y tener un hijo a los sesenta.

Esto es el colmo, pensé. Cogí el panecillo y se lo tiré. Le pasó rozando la sien derecha, cayó al suelo y rodó hasta detenerse a un par de metros, debajo de una mesa cercana. Bob se quedó mudo un instante y luego se echó a reír. La verdad es que se lo tomó mucho mejor de lo que cabría esperar. Rió a carcajadas durante largo rato, como si en su vida le hubiera pasado nada tan divertido como verse golpeado en la cabeza por un trozo de pan.

–Es genial. Genial. La mayor parte de las chicas no lo habrían hecho. No le tirarían comida a una cita a ciegas.

–Para mí también ha sido la primera vez –dije.

–De todos modos, no te preocupes –dijo Bob–. No saldrás con nadie a los cuarenta.

–¿Cómo lo sabes?

–Porque lo sé –sentenció Bob–. Sé cómo están las cosas ahí fuera.

Había muchas cosas que me estaban fastidiando en aquella cita, y mientras estaba allí sentada, mientras Bob me contaba con todo detalle qué les pasaba de malo a las mujeres que aún estaban «ahí fuera», traté de destilarlas para quedarme con la esencia. Por fin di con lo que era. Bob pensaba que, de nosotros dos, él era el apetecible. No importaba que tuviera catorce años más que yo. No importaba que fuera un soso, o que careciera de pelo, o que se le moviera, casi imperceptiblemente, la punta de la nariz cada vez que se rozaba el labio inferior con el superior. Aun así, Bob era el apetecible. Y no estoy tratando de decir que yo no tuviera nada que ver en eso. ¡De pronto, me descubrí pensando que él era el apetecible! Ni siquiera me gustaba y aun así lo consideraba el apetecible. Y antes de que digan que eso se debía a que era médico, les diré que siempre he relacionado el deseo de casarse con un médico con cierto tipo de racionalidad burguesa de la que me he librado de puro milagro, así que no, no era por eso. Era mucho peor. Bob era una silla. La vida era un juego de sillas musicales y los dos sabíamos sin lugar a dudas que cuando cesara la música alguna mujer estaría sentada sobre él, y tal vez yo me hubiera quedado de pie.

Me pasé el resto de la velada dándole vueltas a aquella idea, repasándola mentalmente e intentando verla desde todos los ángulos, y en eso estaba cuando, poco a poco, me di cuenta de lo que era en realidad, o sea, una soberana tontería. Si uno de los dos era una silla, el papel me correspondía a mí. Yo era la silla. Me sentí muy bien. Era estupendo ser la silla. Ahora que lo pienso, me pregunto si será así como se sienten ciertos hombres cuando salen con una mujer que no está a la altura de Christie Turlington en el apartado de aspecto físico. No tengo ni idea de cómo serán las cosas si la mujer tiene el mismo aspecto que Christie Turlington, seguro que las normas cambian, pero si hay algo que me interesa menos que los problemas de las mujeres de hermosura increíble son los problemas de los hombres que quieren salir con mujeres de hermosura increíble. Bien, el caso es que me pasé el resto de la cena con Bob inmersa en mi propia silleidad, cosa que en aquel momento me pareció peligrosamente cerca de una autoestima saludable, aunque ahora ya me doy cuenta de que no lo era. Ahora comprendo que el hecho de haberle dado la vuelta a la tortilla sólo significaba eso, que le había dado la vuelta a la tortilla. De todos modos, en aquel momento me sentí estupendamente, y mentiría si dijera lo contrario.

La verdad es que estuve tan ocupada meditando sobre todo esto para mis adentros que no fue hasta bien entrado el postre cuando me di cuenta de que en aquella cita me estaba comportando con una discreción completamente impropia de mí. De hecho, estaba siendo tan discreta que ni yo me reconocía. Ni siquiera tenía esa sensación que tengo siempre en las citas a ciegas –sólo he tenido dos citas a ciegas en mi vida, pero recuerdo con toda claridad que en ambas sentí la misma sensación–, me refiero a la necesidad de gustar a la otra persona sólo para que quienquiera que fuera que concertó la cita se quede convencido de que eres una persona deseable. Pues a la mierda, recuerdo que pensé al mirar desde el otro lado de la mesa a Bob, que en aquellos momentos farfullaba no sé qué acerca de su apartamento en multipropiedad en Maui. La punta de la nariz se le movía cada vez que pronunciaba una palabra que tuviera una «b», una «m» o una «p». Soy apetecible. ¡Soy la silla!

Por su parte, Bob no parecía darse cuenta de que yo no aportaba gran cosa a la conversación. Pagó la cuenta y fuimos caminando por la calle Walnut en dirección a mi apartamento. Al llegar a la plaza Rittenhouse, la cruzamos para ir hacia la fuente, que estaba funcionando e iluminada. La verdad es que era muy bonita.

–¿Crees en el amor? –me preguntó Bob cuando llegamos a la fuente.

–¿Cómo dices?

–Que si crees en el amor.

–Claro que sí.

–No. Piénsalo en serio.

–Todo el mundo cree en el amor –dije.

–Todo el mundo cree que cree en el amor –replicó Bob–. Pero si todo el mundo creyera en el amor de verdad las cosas serían muy diferentes.

Empecé a preocuparme por el rumbo que tomaba la conversación. En cierta ocasión había tenido una primera cita espantosa con un tipo que, cuando le dije que ya era hora de que me fuera a casa, me cogió la mano por encima de la mesa y dijo «Si vamos a meternos en un lío, metámonos ya». Tal vez mi recién descubierto encanto era más potente de lo que creía.

–Me siento en la obligación de decirte que no te voy a volver a llamar –dijo Bob cuando llegamos a mi portal.

O tal vez no.

–Me encuentro en un momento de mi vida en que me gusta ser sincero con las mujeres con las que salgo. Así soy yo.

–Es muy considerado por tu parte –dije.

–Gracias –dijo Bob–. Por eso lo hago.

Abrí la puerta del portal y entré. Me volví y lo miré.

–Me siento en la obligación de decirte que, si me hubieras llamado, habría esperado dos semanas para devolverte la llamada, te habría telefoneado en un momento en el que estuviera cien por cien segura de que te encontrarías en el trabajo, y te habría dejado en el contestador un mensaje vago y poco convincente diciendo que estaba muy ocupada y que te volvería a llamar en cuanto tuviera un momento libre. Y luego, no lo tendría –dije–. El momento libre, quiero decir.

Le sonreí con toda dulzura y le cerré la puerta en las narices.

Diez minutos más tarde sonó el teléfono.

–¿Qué tal la cita?

Era Henry.

–No hay palabras para describirla –dije.

–Cuéntame lo mejor y lo peor.

–Bueno –dije–, le tuve que tirar un panecillo a la cabeza para que se callara.

Se echó a reír.

–¿Y lo mejor?

–De eso no hubo.

–Venga, algo tuvo que haber.

«Este momento *es* lo mejor», pensé.

–Pedí salmón y no estaba mal.

–Al menos has sacado algo de la cita, un buen trozo de pescado –dijo Henry–. ¿Me puedo pasar por tu casa?

–¿Ahora?

Miré el reloj de la cocina. Eran más de las once.

–Estoy por tu barrio –dijo Henry–. En una cabina telefónica. Estoy justo al lado de un cubo de basura gigante, cerrado con candado. Será para que la basura no se pueda escapar.

–Pues no sé –dije.

–A ver qué te parece esto. Voy a hacer como si se me hubiera cortado la llamada, y luego me presentaré en tu casa, momento en el cual podrás hacer conmigo lo que quieras.

La llamada se cortó y yo di unos pasitos de baile.

Después de hacer el amor me sentí tan próxima a Henry que acabamos teniendo una de esas conversaciones en las que te da la sensación de que ya no tiene sentido ocultar nada, te acabas de entregar tanto a la otra persona que te dan ganas de correr por el apartamento, abrir los cajones, los armarios y las despensas, sacar todas las cosas vergonzantes, ponerlas encima de la cama y gritar «¡Mira esto! ¡Y esto! ¡Pero quiéreme!».

–Prométeme que no te vas a reír –dije.

–Te lo prometo –dijo Henry.

–Tres.

Se echó a reír.

–Lo siento, pero es que... tres... –dijo Henry. Apoyó la cabeza en la palma de la mano y me miró con interés casi científico–. ¿Cuántos años tienes?

–Treinta y dos.

–Sales a uno por década –señaló.

–A los diez años no andaba acostándome con nadie.

–Eso parece.

–Bueno, qué, ¿para ti supone algún problema?

–No, qué va. Me parece muy tierno –dijo–. De repente tengo unas ganas locas de besarte en la frente.

Se inclinó hacia delante y me besó en la frente.

–Háblame de ellos –pidió.

–¿De quiénes?

–De los Tres Magníficos.

Me lo quedé mirando.

–Un momento –dijo Henry–. ¿Yo soy el tercero?

–Es lo que te acabo de decir.

–Creía que era el cuarto –dijo–. Creía que te referías a tres sin contarme a mí.

–Eres el tercero.

–Cielo santo, cielo santo es... es una tragedia. Una tragedia. Eres una crisis humanitaria individual.

–No te lo tendría que haber contado.

–No, no. Has hecho bien en contármelo. Sólo que ahora tengo la sensación de que debería haberlo hecho mejor. Que debería haberte dado material de primera.

–¿Eso no ha sido material de primera?

–No sé –dijo Henry–. Ha sido más bien mi material de estar algo borracho llamando desde una cabina. Te mereces algo mejor.

–La próxima vez será –dije.

Henry se sentó en la cama.

–Es obvio que no deberías volver a acostarte conmigo. Con esta exclusividad no vas a llegar a ninguna parte. En cuanto salga por la puerta, tendrías que coger el teléfono y empezar a llamar. En poco tiempo conseguirás una cifra respetable.

–¿Qué cifra sería respetable? –pregunté–. En los tiempos que corren, quiero decir. Para una mujer de mi edad.

–Nueve –dijo Henry.

–¿Nueve?

–Creo que he sido el noveno para todas las mujeres con las que me he acostado.

–¿De verdad?

–Ahora que lo pienso, siempre soy el noveno –dijo–. Esas zorras me han estado engañando.

Henry se levantó de la cama y fue al baño.

–No me preguntes con cuántas mujeres me he acostado, porque te tendría que mentir –me gritó desde allí–. Estamos mostrando una sinceridad sin precedentes, me gustaría que siguiéramos así tanto como fuera posible.

–De acuerdo –dije.

–Vale. Tres –le oí decir–. Cielo santo.

10

El teléfono volvió a sonar a primera hora de la mañana.

Era Bonnie.

–Pues sí que estás de buen humor –me dijo.

–Pues sí –le dije.

–Así que todo fue bien.

–De maravilla.

–Cariño –gritó Bonnie a Larry–, a Alison le gustó Bob.

–No. La verdad es que fue una mierda.

–¿Qué?

–Que Bob no me gustó. O yo no le gusté a él –dije–. No fue nada bien.

–Entonces, ¿de qué estabas hablando?

Por lo general no le habría contado a Bonnie lo de que me había acostado con Henry, o no se lo habría contado tan pronto, por motivos que la conversación subsiguiente dejará claros como el agua. Pero estaba atrapada, así que se lo conté.

–O sea, ¿que llamó a tu puerta y te acostaste con él? –dijo Bonnie con una voz que subió una octava al pronunciar las cuatro últimas palabras.

–No –repliqué–. Antes me llamó desde una cabina. Además, sólo quería hablar conmigo. Lo de acostarnos fue circunstancial.

–Alison, no puedes permitir que tu jefe te llame a medianoche desde una cabina, que vaya a tu casa y se acueste contigo.

–No fue así –dije, aunque me daba perfecta cuenta de que había sido exactamente así.

–No es una actitud inteligente.

–Es que a lo mejor me he hartado de tener una actitud inteligente.

Bonnie no dijo nada.

–Tal vez ahí estuviera mi problema –añadí–. En que siempre planeo las jugadas con cinco movimientos de antelación.

–No te digo que tengas que planear con cinco movimientos de antelación. Pero con uno sí, por lo menos. El movimiento en el que deja de acostarse contigo pero sigue siendo tu jefe.

–¿Y qué pasa si no quiero planear nada? ¿Qué pasa si, por una vez en mi vida, dejo que las cosas sucedan y ya está?

–Alison, ya sé que estás triste por lo de Tom. Es normal. Pero lo que estás haciendo es impropio de ti. Tal vez deberías estar sin pareja una temporada.

–No tengo pareja, Bonnie.

–Quiero decir sin pareja y siendo tú misma, no ir por ahí acostándote con nadie.

–¿Alison se acostó con Bob? –oí que Larry le decía a Bonnie–. Bravo, Alison.

–Dile que no –pedí a Bonnie.

–No se acostó con Bob. Se acostó con su jefe.

–Qué más da –dijo Larry–. Bravo, Alison.

–¿Por qué no eres tú así? –pregunté a Bonnie–. Creo que esto ha sido bueno para mí.

–No lo puedo evitar. Es que me preocupo por ti.

–¿Qué es lo que te preocupa, concretamente?

–Me preocupa que ese tipo te esté utilizando para acostarse contigo, y que cuando acabe estés aún peor que ahora –dijo Bonnie.

–En cierto modo –dije–, se me ha pasado por la cabeza que yo lo estoy utilizando a él para que se acueste conmigo.

–¿De verdad? –inquirió Bonnie, intrigada.

–No estoy segura –dije–. Pero una cosa sí que sé. Si fuera a utilizar a alguien para que se acostara conmigo, lo utilizaría a él.

Aquel mismo día fui a comer con Cordelia. Me habló de su nuevo novio, Naldo, que era de Wisconsin y trabajaba como camarero en Bookbinders.

–Lo malo es que tiene el pene muy grande –me contó.

–¿Tiene el pene tan grande que resulta un problema?

–No interfiere en el aspecto sexual –explicó–. Lo que pasa es que desconfío de los hombres que tienen el pene grande.

–¿Y eso?

–Creo que les cuesta ser fieles, porque siempre tienen ganas de enseñárselo a otras.

Lo medité durante un instante.

–Es como tener un coche sensacional y que sólo te dejen conducirlo en un circuito cerrado –dije al final.

–Además, a los hombres les encanta lucir sus coches. Solo así se explica que exista un lugar como Los Ángeles. Así que un hombre con el pene grande que se tiene que conformar con una sola mujer está yendo contra su naturaleza. Doblemente contra su naturaleza.

–Entonces deberíamos buscarnos hombres con los penes tan pequeños que les diera vergüenza enseñarlos –dije.

–Ni los hombres con los penes pequeños se avergüenzan de ellos –replicó Cordelia–. Deberían avergonzarse, pero no.

Cordelia me cae de maravilla. Nos parecemos en muchas cosas, pero una de las más raras es que a las dos nos criaron en un entorno religioso cuyo nivel de intensidad rayaba la locura, sólo que su entorno era mormón, no cristiano. La familia de Cordelia es tan mormona que su tatarabuelo había estrechado la mano a Brigham Young. De hecho, así se presenta su abuela cuando conoce a otros mormones: «Está estrechándole la mano a una mujer que estrechó la mano de alguien que le estrechó la mano a Brigham Young». Y aunque a primera vista no parezca que eso baste para que tengamos mucho en común, la verdad es que da miedo ver hasta qué punto los dos equipos han leído el mismo libro. Cuando Cordelia y yo nos pusimos a hablar y comparamos nuestras experiencias fue espeluznante. ¿Recuerdan lo que les conté que me decían, lo de que ningún hombre querría una flor cortada antes de florecer? Bueno, pues en la iglesia de Cordelia lo hacían literalmente. Primero, a cada adolescente le daban una rosa blanca de tallo largo. Luego, una de las jóvenes casadas de la iglesia les largaba una charla sobre la castidad. (Siempre son las mujeres las que hacen estas cosas; mucha gente se horroriza al saber que la mano que empuña el bisturí en las clitoridectomías es una mano de mujer, pero a mí no me sorprende ni un pelo.) Luego, la joven de la castidad recorría la estancia y, con una mano bien sucia, estrujaba la rosa de cada niña, le arrancaba un puñado de pétalos, y le preguntaba si quería ser como la flor, si quería acabar así, si era eso lo que quería entregar a su esposo en la noche de bodas. Cosa que viene a explicar por qué la rebelión de Cordelia ha dejado chiquita incluso a la mía.

Me gustaría dedicar unos minutos a aclarar una cosa relativa a las mujeres y la Iglesia. Muy a menudo, a pesar de que el tema no es de los primeros en la lista de cosas de las que me gusta hablar, me encuentro enzarzada en conversaciones acerca del papel de la mujer desde el punto de vista de la Iglesia. Siempre llega un momento en el que mi interlocutora (y de nuevo es siempre una mujer la que dice este tipo de cosas, aunque supongo que si me las dijera un hombre le daría un puñetazo en las narices) me intenta explicar por qué no le importa que, según la tradición, a las mujeres no se les permita predicar, dar la comunión, enseñar a los hombres ni ocupar cargos de importancia. Por qué no le importa que su función primordial sea tener hijos y someterse a la voluntad de su esposo. Por qué esto ni siquiera le parece problemático. «Un papel no es peor que el otro –dicen siempre estas mujeres–. Sólo son diferentes.» Y yo les digo que no. Que no es verdad. Que uno es peor que el otro. Es peor ser el seguidor, el sometido, el eterno número dos. No es sólo diferente de ser el jefe, el líder, el número uno por voluntad divina. Es mucho peor. Y creo que una de las mejores cosas que he sacado de mi amistad con Cordelia ha sido comprender que, en este tema concreto, los mormones y los evangélicos se llevan de maravilla. El lenguaje que utilizan no es sólo parecido, es idéntico. Las metáforas que emplean no son sólo parecidas, son idénticas. No importa que ellos piensen que nosotros vamos a ir al infierno y que nosotros pensemos que ellos van a ir al infierno. Cuando se trata de controlar a sus mujeres, los dos bandos están completamente de acuerdo.

–No tengo tan claro que tu teoría sobre los penes grandes sea correcta –le dije a Cordelia–. El pene de Tom es de tamaño corriente. Nada como para escribir a la familia.

–Queridos padres, he conocido a un hombre con un pene de tamaño corriente –dijo Cordelia–. Tienes razón. Nadie escribiría una carta así.

–De todos modos, Kate ya se lo había visto en la universidad, así que no creo que esa relación se base en el deseo de Tom de enseñárselo.

–A menos que... –y en este punto Cordelia se animó, como le pasa siempre que dice tonterías–. A menos que le haya crecido.

Comí un poco más de ensalada.

–Y por eso haya querido enseñárselo otra vez –insistió.

La miré fijamente.

–Reconozco que no es muy probable –concedió.

–Creo que los penes no tienden a crecer en la edad adulta –dije.

–Cosa que es una verdadera pena –suspiró Cordelia. Me miró desde el otro lado de la mesa–. Supongo que te das cuenta de que lo más probable es que nunca llegues a entender esto.

–¿Te refieres a lo de Tom?

Asintió con la cabeza.

–No puede ser –dije–. Necesito entenderlo.

–Eso mismo pensé yo cuando se rompió mi matrimonio. Pero llegó un momento en que tuve que aceptar que no lo iba a entender, que nunca le vería la lógica, que no podía culparme a mí misma, ni siquiera podía culparlo a él.

–Pues lo estuviste culpando mucho tiempo –señalé.

–Ya lo sé. Pero el pobre estaba tan chiflado que yo sabía que no era justo echarle la culpa a él. Así que empecé a echársela a la vida. Ahora lo enfoco de otra manera.

–¿Cómo?

–Acepto la vida tal como es. No –dijo Cordelia–, asumo la vida. Tal como es.

Aquello me recordó a esos libros de autoayuda que te dicen que aceptes tu cuerpo tal como es, y cómo a mí me resulta imposible seguir su consejo, porque si aceptara mi cuerpo tal como es significaría que va a seguir siendo como es, cosa que me resulta inaceptable. Se lo dije a Cordelia.

–Por eso yo no puedo asumir la vida tal como es –terminé–. Si asumo la vida tal como es, va a seguir siendo tal como es.

–Es que va a seguir siendo tal como es –me señaló.

–Ya lo sé –dije–. Pero no quiero aceptarlo.

11

Tengo la teoría de que la mayoría de los hombres tratan mal a las mujeres con las que salen, al menos en parte. Con los buenos, el período de maltrato es sólo una fase, una manera de lidiar con sus sentimientos en conflicto acerca del compromiso y la mortalidad, hasta que al final se reconcilian con la idea de acostarse con la misma mujer una y otra vez el resto de sus vidas, y luego morir. En cambio, con los malos... ahí está el problema. Si los buenos te tratan mal y los malos te tratan mal, cuesta distinguirlos, ¿no? Mi amiga Angie conoció a un tipo a través de un anuncio, llevaban varios meses saliendo y estaban muy enamorados, o eso creía ella hasta que descubrió que él iba de cuando en cuando a casa de su ex novia y le dejaba en el buzón notitas de amor. Angie no se habría enterado en la vida si no hubiera ido a la fiesta del recién nacido de su prima. Allí una mujer comentó en voz alta el comportamiento de su ex novio, las notas que le dejaba, lo patético que resultaba y que no sabía qué había visto al principio en él. El tipo patético se llamaba Julian, y aquella mujer se llamaba Gennifer con G, y a Angie le pareció raro, porque su Julian antes había salido con una tal Jennifer, de manera que cuando llegó a casa le preguntó que cómo escribía Jennifer su nombre, y cuando Julian le dijo que con G Angie le dio una patada en cada espinilla. Pero –y ahora viene lo desconcertante– él lo confesó todo, pidió perdón, dejó de hacerlo y ahora Angie y Julian llevan casados dos años y parecen muy felices. Vale, parecen razonablemente felices. Parecen felices igual que parecen felices la mayor parte de mis amigos casados: las mujeres parecen aliviadas, como gigantescas tortugas marinas que hubieran encontrado una buena playa donde poner los huevos después de conseguir llegar sin que la resaca las arrastrara mar adentro, y los hombres... bueno, los hombres parecen reconciliados con la inevitabilidad de lo que les ha sucedido.

Dos días después de que Henry y yo nos acostáramos por segunda vez, entré en su despacho y cerré la puerta.

–Hola –dije.

–¿Qué pasa? –preguntó Henry.

Estaba rebuscando algo en el montón de papeles que tenía sobre el escritorio.

–Quería hablar contigo acerca de nuestra relación –dije.

(Ya, ya, ya lo sé. No tengo perdón. De hecho, estoy desesperada buscando alguna disculpa, alguna explicación razonable para la conversación que estoy a punto de contarles, y la verdad es que no la tengo. Es esa parte de mí misma que jamás comprenderé, la que no consigo entender, la que me gustaría que alguien sacara del granero en medio de la noche para fusilarla.)

–¿Relación? –preguntó Henry, todavía ocupado con los papeles–. ¿Qué relación?

–Ya sabes –dije–. Ésta.

Henry alzó la vista.

–¿Qué? –insistí.

–Bueno, es que no sabía que tuviéramos una relación –dijo Henry.

–Entonces, ¿cómo lo llamas tú?

–No lo sé. No me había parado a pensarlo. No sabía que hubiera que ponerle un nombre.

–Nos hemos acostado cuatro veces –señalé.

Henry frunció el ceño.

–Nos hemos acostado dos veces.

–Nos hemos acostado cuatro veces, sólo que en dos ocasiones diferentes –dije.

–No soy ningún experto en el tema, pero si estamos hablando de nuestra relación... –y puso todo el énfasis en la palabra «relación», como si la hubieran inventado exclusivamente para aquella charla–, creo que cuentan como dos.

–¿Qué quieres decir?

–Quiero decir que esta conversación me parece un poco prematura.

–Vale. Muy bien. Ya sé lo que quería saber –dije.

Me di media vuelta.

–¿Qué querías saber? –preguntó Henry.

–Que sólo estamos follando. Me parece muy bien. Sólo quería saberlo.

–Yo no lo diría así –dijo Henry.

–¿Y cómo lo dirías?

–A ver, déjame pensar. –Se acomodó en la silla y miró hacia arriba–. Lo estamos pasando bien. Es algo a medio camino entre «sólo follando» y «una relación».

–Vale –dije.

Me sentí un poquito mejor.

–Excelente. Bien. ¿Todo claro, entonces?

–Creo que sí –dije.

–Bien –respondió él, y volvió a concentrarse en los papeles.

Me di la vuelta para salir. Esto te pasa por acostarte con tu jefe, pensé. Esto es lo que te pasa si dejas que tu nuevo jefe te llame desde una cabina a las once de la noche, suba a tu casa y se acueste contigo dos veces, o bien un total de cuatro veces en dos ocasiones diferentes. Querías diversión. Querías novedades. Querías ser como las chicas de *Sexo en Nueva York* y Henry ha cumplido con su papel, te ha entregado la mercancía, no es justo que ahora se comporte como un lunático. No se compromete. El tipo no se quiere comprometer.

–El caso es que... no me interesa pasarlo bien –dije.

–No te interesa –dijo Henry.

–No.

–¿Me estás pidiendo que me case contigo?

–¡No!

–¿Me estás pidiendo que te pida que te cases conmigo?

–No.

–¿Quieres que vivamos juntos?

–No.

–Entonces no veo dónde está el problema –dijo Henry.

–No hay ningún problema.

Se hizo el silencio durante un largo instante.

–Alison –dijo Henry con tono gentil–, aunque yo haya sido el Número Tres, eso no significa que tengas que estar enamorada de mí.

–No estoy enamorada de ti –dije.

–Ya lo sé. Pero te sentirás mucho mejor si no te olvidas de que no estás enamorada de mí.

¿Es inevitable que una chica como yo acabe pensando que está enamorada de todos los hombres con los que se acuesta? ¿Es irremediable? A ver, en el fondo la pregunta es: ¿ustedes lo veían venir? Porque yo no. Les prometo que no. Les prometo que pensé que podía tener relaciones sexuales sin más con Henry, que sería mi tortita grasienta, que podría seguir con mi vida de siempre, tomarlo o dejarlo sin siquiera mirar atrás. ¿Es eso posible para mí? No estoy preguntando si es adecuado, deseable o bueno, simplemente si es posible. No lo sé. No sé qué habría pasado si me hubiera metido en la cama con otro, con alguien que no hablara mi idioma, por ejemplo. ¿Habrían sido relaciones sexuales sin más, tan sin más como para evitar las complicaciones?

(Una cosa, no estoy hablando por todas las mujeres. Nunca tendría la osadía de hablar por todas las mujeres, pero menos aún en este tema concreto. Sé que hay mujeres que consiguen practicar este tipo de actividades sin enredarse con sentimientos, sin pensar que están enamoradas de un hombre sólo porque las ha visto ir al baño desnudas y luego volver a la cama. Sé a ciencia cierta que existen mujeres así. Cordelia es una de ellas. Cordelia se ha acostado con dieciocho hombres. Reconozco que no es una cifra asombrosa para una mujer de treinta y cuatro años, pero a mí me deja boquiabierta. ¡Dieciocho hombres! ¡Y eso la última vez que los contó! Pero a lo que iba: no se enamora de todos ellos. Sólo se enamora de algunos de ellos.)

Si lo de enamorarse es inevitable –quede claro que no lo considero una conclusión definitiva, aún tengo que recopilar más datos (ni siquiera sé cuántos datos hacen falta, pero desde luego más de tres)–, ¿qué significa eso para las partes involucradas? Cuando dije que Henry no se comprometía, ¿era verdad? ¿Qué hacía acostándose conmigo, si no era una relación y no era una locura? Tengo que creer que, incluso antes de la conversación del Número Tres, para

Henry tenía que ser muy evidente dónde se metía, y me pregunto en qué demonios estaba pensando. ¿En qué estaba pensando? Hace unos años, mi amigo Eric me contó que el verano en el que cumplió los trece años tenía ocho o nueve orgasmos al día; la mayoría de ellos los obtenía apretándose contra los chorros de agua de la piscina de su vecino. Una pequeña parte de mí no se lo quiso creer, otra pequeña parte de mí pensó «vale, seguro que tenía algún problema», y una gran parte de mí pensó que nunca volvería a ir a nadar con Eric. Se lo comento porque se me quedó grabado –ya verán como a ustedes también se les queda grabado–, pero además porque la respuesta puede ser así de sencilla. Tal vez en eso estaba pensando Henry. O sea, que no estaba pensando. Tal vez, cada vez que intentara buscar lógica y raciocinio en una situación en la que hubiera hombres y sexo, debería recordar a Eric corriéndose en la piscina de su vecino.

Y otra cosa. Esto es acerca de la recopilación de datos. Es posible que, para cuando tenga suficientes datos como para llegar a alguna conclusión sobre la inevitabilidad de que una chica como yo se enamore de todos los hombres con los que se acuesta, ya no sea una chica como yo, con lo que la cuestión carecerá de sentido. La propia experimentación cambiará la naturaleza fundamental de la muestra. Así que tal vez debería limitarme a aceptarlo, a aceptar que acabaré enamorada de todos los hombres con los que me acueste. Y ya que estamos, a aceptar que para cuando me haya acostado con tantos como para que ya no sea cierto, me habré convertido en otra persona.

12

Una de las ventajas de escribir una columna de opinión en una ciudad como Filadelfia es que de vez en cuando te llaman para esos actos y ceremonias de los que, en las ciudades más grandes, se ocupa alguien famoso de verdad. Por lo general se trata de juzgar algo, y por lo general dices que sí.

Aquel jueves por la noche era una de estas ocasiones. Me habían llamado para formar parte del jurado de un concurso de tartas rellenas. La cosa iba de comida, había un montón de categorías diferentes, y no sé por qué a mí me tocaron las tartas rellenas. La cuestión es que me pareció bien. Me gustan las tartas rellenas. La verdad es que todo salió estupendamente, el mismo día de la conversación de «no estoy enamorada de ti» con Henry salí del despacho para ir a evaluar catorce tartas rellenas diferentes, atendiendo a aspectos como calidad crujiente de la corteza y sabor del relleno. Se trataba de una fiesta con el visto bueno de mi trabajo. Después fui a casa a cambiarme, y a eso de las ocho volví a Reading Terminal para la fiesta en la que se anunciarían los nombres de los ganadores.

El Mercado Reading Terminal es una de las cosas de Filadelfia que gustan a todo el mundo, y con razón. Es un mercado campesino instalado en el edificio de una vieja terminal de ferrocarriles, lleno de mujeres amish que venden miel en jarritas con cuadraditos de guinga encima de la tapa y hombres sonrientes que te sacan brillo a los zapatos por tres dólares. Hay un puesto en el que sólo se venden libros de cocina de segunda mano, en otro sólo rosquillas con azúcar por encima y en otro sólo lacitos caseros de pan. Y todo esto a un precio razonable, que no es poco mérito. Tom y yo acostumbrábamos a ir allí a tomar un desayuno tardío todos los sábados por la mañana. Comprábamos el *Philadelphia Inquirer* y *The New York Times* en el quiosco, desayunábamos en el Down-home Diner y luego, antes de marcharnos, pasábamos por el Salumeria para escoger algún queso interesante. En una relación hacen falta cosas así. Hacen falta cosas que te recuerden que es mejor formar parte de una pareja que estar solo, porque la mera idea de ir solo todos los sábados a Reading Terminal, leer el periódico solo, comprar el queso solo y luego irte a casa a comértelo solo era insoportable. Aquella noche, mientras me dirigía a la Calle del Mercado, me pregunté si Tom habría llevado a Kate allí el sábado anterior, y en caso contrario cuánto tardaría en llevarla. No era tan ingenua como para pensar que no la llevaría. Las mañanas de los sábados en Reading Terminal eran ideales, y sólo porque me hubiera abandonado no había motivo para pensar que no iba a intentar salvar una de las mejores cosas de nuestra relación. Me pregunté qué pasaría si un día llegaba allí y encontraba a Tom y a Kate desayunando, pasándose las diferentes secciones de *The New York Times* por encima de las tazas de café. Me pregunté si tendría el valor de ir hacia ellos para decirles algo hiriente. Me pregunté si se me ocurriría algo hiriente que decirles, algo que no sonara a preparado. Seguro que no. Crucé las puertas giratorias de Reading Terminal y dejé de pensar en Tom. Allí, junto a una maceta enorme en la que crecía una palmera, estaba mi archienemiga, Mary Ellen.

Me doy perfecta cuenta de que, a estas alturas de la historia, no es correcto presentar a un archienemigo. Va contra todos los principios dramáticos. No es que este relato se haya atenido a ningún principio dramático, pero quiero pensar que, al menos hasta ahora, tampoco he tirado por tierra ni pisoteado ninguno. En fin, el caso es que tengo una archienemiga y se llama Mary Ellen. Si no la he mencionado hasta ahora es porque se trata de uno de esos archienemigos de los que una se olvida durante períodos de tiempo prolongados. Para empezar, rara vez la veo. Eso sí, leo su columna todas las semanas para ver si me sigue lanzando dardos envenenados. Me he prometido a mí misma no poner su nombre en letra impresa jamás en la vida. Mi manera de enfocar nuestra rivalidad es aparentar que estoy por encima de ella, al menos en público hago ver que para mí no supone mayor problema que si hubiera pisado algo desagradable por casualidad, por eso daría cualquier cosa por poder saltarme esta parte. Me encantaría, pero es imposible, porque no puedo dejar de relatar lo que sucedió aquella noche.

Me doy cuenta de que, hasta ahora, habrán creído que *The Philadelphia Times* era el periódico más marginal de Filadelfia, y ahora van a descubrir que hay otro más marginal todavía. Es el *Hello, Philly!*, y se regala, igual que el nuestro, pero el *Times* se distribuye en cajas metálicas situadas en las esquinas, como toda prensa americana que se precie, mientras que el *Hello, Philly!* se mete por debajo de las puertas de las casas, igual que los folletos de los supermercados. A nosotros nos parecía una diferencia fundamental. Me doy perfecta cuenta de que todo esto parecen menudencias, y en mi interior se desarrolla una batalla, un bando quiere transmitirles la impresión de que no eran menudencias mientras que el otro preferiría encogerse de hombros y rendirse. Yo me rindo. El caso es que aquí pasaba lo mismo que con todas las menudencias: cuando uno se encuentra en medio de ellas parecen de tamaño normal.

Cuando Mary Ellen empezó a escribir para el periódico que se metía por debajo de las puertas causó de inmediato la sensación que siempre he querido causar yo, sin conseguirlo nunca. Su primera columna hablaba de los desafíos de practicar el sexo oral en lugares públicos, pero no fue eso lo que causó sensación, sino la carta que el periódico publicó a la semana siguiente. Era de la madre de Mary Ellen y sólo constaba de una frase: «Ahora todo el mundo sabe que mi hija es una chupapollas». Y bum, así sin más, Mary Ellen obtuvo lo que todo columnista necesita, una personalidad. De repente era un ser humano con una madre que leía su columna todas las semanas y luego enviaba cartas que incluían palabras como «chupapollas». Fue un atajo maravilloso, de veras, y resultó muy útil para compensar el hecho de que Mary Ellen no es gran cosa como columnista. Igual piensan que lo digo por malicia, pero es la verdad. En el fondo, no es más que una de esas chicas que gustan de escribir acerca de lo bien que se lo montan en la cama.

Y por eso Olivia la detestaba todavía más que yo. Olivia creía que había monopolizado ese mercado concreto, al menos en Filadelfia. Aquí tengo que pararme un momento para señalar lo que quizá les parezca un matiz nimio. Olivia es una escritora que responde cartas sobre sexo, mientras que Mary Ellen escribe una columna acerca de su vida, lo que pasa es que su vida incluye una cantidad increíble de sexo. Ya se lo dije antes, seguro que todo esto les parecen menudencias, pero sin querer adelantarme a los acontecimientos les diré que es raro ver dos columnas habituales sobre sexo en un solo periódico alternativo, aunque bien sabe Dios que a los que mandan les encantaría poder tenerlas sin parecer demasiado verdes, demasiado alcahuetes. Creo que no quieren parecer demasiado alcahuetes porque eso llamaría la atención sobre el hecho de que eso es lo que son, ni más ni menos. Tardé mucho tiempo en darme cuenta de que los anuncios del final del periódico para el que trabajaba eran de prostitutas. No sé bien qué pensaba que vendían esas señoras; sólo que creía que estaba prohibido que las prostitutas pusieran anuncios. Sea como sea, esté prohibido o no, el caso es que se anuncian. De hecho, el auténtico auge de los periódicos alternativos en Estados Unidos se dio entre la liberalización de los números 906 y la entrada arrolladora del porno en Internet.

Uno de los inconvenientes de escribir una columna de humor con fecha de entrega es que, a veces, no sale. Y cuando tu trabajo consiste en escribir una columna y no sale, y acabas garabateando cualquier cosa que empieza por algo y acaba en no se sabe dónde, no te molesta ni la décima parte de lo que debería, sobre todo debido al alivio que experimentas al abrir el periódico al día siguiente y ver allí palabras, en lugar del gigantesco espacio vacío que la noche anterior estabas segura de que ibas a encontrar. Lo lograste. Te salió. Y el hecho de que lo que te salió fuera trivial, o autocompasivo, o vergonzante, o estúpido... bueno, piensas, igual no estoy siendo objetiva. Una cosa sí que tiene de bueno este tipo de creatividad, la creatividad a punta de pistola, y es que a veces acabas escribiendo cosas que en circunstancias normales no habrías escrito jamás, y de cuando en cuando surge una joya. Lo malo es que la mayor parte de las veces no es así. La mayor parte de las veces lo que surge es cualquier cosa menos una joya. Y creo que mi verdadero problema con Mary Ellen era que leer su columna me lo recordaba, leer su columna me recordaba que la frontera entre un texto refrescante y un texto desvergonzado es peligrosamente estrecha.

Leía la columna de Mary Ellen y pensaba: he aquí una idiota, escribiendo idioteces.

Y además... además es que no es una buena persona. Ésa es la otra. No es buena persona ni es simpática. Sé que yo me preocupo demasiado por ser buena y simpática. También sé que hay otras muchas cualidades que una persona debería desarrollar, que a la gente como yo habría que quitarnos a bofetadas tanta bondad y simpatía, y que seguramente me iría mejor si fuera un poco más mala y un poco más antipática, pero aun así... Como me pasa con cualquier mujer a la que no le importe un rábano pinto ser buena o simpática, lo que de verdad me sucedía con Mary Ellen era muy sencillo: me daba miedo. No entendía las normas según las que jugaba, y para mis adentros creía que jugaba sin normas.

–¿Qué has juzgado tú? –me preguntó Mary Ellen en cuanto me vio entrar.

–Tartas rellenas –dije–. Para ser exactos, catorce tartas rellenas. ¿Y tú?

–Bizcochos –respondió–. Nos han adjudicado la comida de chicas.

–Matt se comió doce bocadillos de carne con queso.

Mary Ellen se enredó en el dedo un largo mechón de cabello rubio.

–Siento mucho lo de Tom –dijo.

Asentí con la cabeza.

–Kate se siente muy mal por todo esto –siguió.

Tardé un momento en comprender lo que decía.

–¿La conoces?

–Es amiga mía.

–Claro –dije–. Claro. No me extraña.

–Este tipo de cosas no son normales en ella –dijo Mary Ellen–. Le dije hace meses que no estaba bien. Que no estaba nada bien.

Me estaba empezando a dar vueltas la cabeza.

–Dice que Tom sólo tiene palabras elogiosas para ti.

–Ya, claro. Disculpa –dije–. Me están esperando.

Me dirigí al lavabo de señoras como si estuviera mareada. Tardé un minuto en juntar todas las piezas del rompecabezas, aunque sólo era de tres piezas y encajaban de manera muy evidente. Mary Ellen se había enterado de que Tom se acostaba con Kate Pearce antes que yo. Y en cierto modo lo peor era que quería que yo supiera que ella lo había sabido. Por lo visto no era suficiente con que me humillaran sin que me enterase. Necesitaba llamarme la atención sobre mi humillación. Ya me la imaginaba leyendo mis columnas semana tras semana, las columnas en las que contaba satisfecha cómo me había ido a vivir con Tom, cómo había comprado un sofá con Tom, cómo era mi felicidad perfecta con Tom, y ella sabiendo todo el tiempo que Tom follaba con Kate Pearce a mis espaldas. Sentí ganas de vomitar. De verdad que me habría gustado morirme. Una parte de mí podía soportar el hecho de que Kate lo supiera. Es decir, tenía razones más que sobradas para detestar a Kate, y el hecho de que ella supiera de su propia aventura con Tom no era una de las principales, ¡pero Mary Ellen...! ¡Mi archienemiga! ¡Una mujer que no me deseaba nada bueno! Me sentía mortificada. De verdad, no podía creerme que Tom me hubiera puesto en semejante situación. Sé que parecerá una locura, pero una parte de mí comprendía que Tom hubiera acabado acostándose con Kate Pearce, incluso que siguiera viéndose con ella muchos meses a mis espaldas, pero que lo hiciera sabiendo que Mary Ellen acabaría por enterarse, sabiendo hasta qué punto eso me humillaría... parecía casi imposible. ¿Cómo había sido capaz?

Tom debía de haberme odiado mucho. Me quede allí sentada en la tapa del retrete, con la cara llena de lágrimas, asaltada por aquel pensamiento. Tom debía de haberme odiado mucho. No había otra explicación posible, a mí no se me ocurría ninguna que tuviera lógica. Sólo así se comprendía todo lo que había pasado. Al pensar en aquellas palabras, al pensar en aquella frase, sentía una tristeza tal que me impedía respirar. ¿Qué le había hecho yo para que me odiara tanto? ¿Y cómo era posible que no me hubiera dado cuenta? Quiero decir que hasta cierto punto comprendía cómo podía Tom esconderme la infidelidad, comprendía cómo las mentiras se amontonaban unas sobre otras como ladrillos... pero ¿cómo demonios había escondido su odio?

La puerta del baño se abrió y oí unas voces. Entraron dos mujeres a las que no conocía, hablando de un ayudante de *chef* de Treetops que por lo visto había tratado de influir en los jurados. Hice un esfuerzo por tranquilizarme. No estaba en el lugar ni en el momento oportunos. Tendría que seguir con aquello más tarde, en un lugar que no fuera una estación de tren restaurada donde se encontraba toda la elite culinaria y periodística de Filadelfia.

Las mujeres salieron. Abrí la puerta del retrete y me dirigí a uno de los lavabos. Me mojé la cara con agua fresca, y me la sequé cuidadosamente con toallas de papel. ¿Por qué mis grandes momentos emocionales tenían que ocurrir siempre en cuartos de baño?, me pregunté. Un buen psicólogo encontraría una explicación para una conducta reiterada de este tipo, aunque no sé si me gustaría mucho la conclusión a la que llegaría. ¿Seguiría ese hipotético psicólogo llamándolo represión? Supongo que sentir cosas en los cuartos de baño es menos reprimido que no sentir nada. Me miré la cara en el espejo del lavabo y traté de pensar en Henry, de no seguir pensando en Tom. Henry, que había demostrado que era una buena distracción, Henry, del que me había creído enamorada unos sesenta segundos aunque no lo estaba, pero con el que pese a todo seguía queriendo acostarme, a ser posible aquella misma noche, sólo que en aquel momento había dos graves inconvenientes para mi plan. El primero era la escenita que le había montado aquel mismo día en su despacho. El segundo era que, en aquel momento, tenía cara de mapache. Abrí el bolso y, con toda calma, empecé a recomponerme el maquillaje.

Cuando salí del cuarto de baño la fiesta estaba en todo su apogeo. Las luces eran tan tenues que pensé que podría pasar por normal.

–Dios santo, Alison –dijo Matt nada más verme–. ¿Qué te ha pasado?

–¿Tanto se nota?

–Casi nada –respondió. Cogió dos copas de vino de la bandeja de una camarera que pasaba por allí, y me tendió una–. Toma, bebe.

–Gracias.

–No seguirás todavía deprimida por lo de Tom, ¿verdad?

Asentí con la cabeza.

–Cuéntamelo.

Nos recostamos contra una gruesa columna en el centro de la estancia y nos dedicamos a observar a los asistentes a la fiesta mientras conversábamos.

–Es como si en esa relación yo hubiera sido dos personas diferentes –le conté–. Parte de mí estaba allí, en medio de todo, y otra parte evaluaba la situación desde lejos.

–Como Napoleón, que observaba el campo de batalla desde la cima de una colina –dijo Matt.

–Exacto –asentí–. E iba a haber un vencedor. Y un perdedor.

–¿Qué quieres decir?

–Si nos casábamos era que ganaba yo, y en caso contrario el que ganaba era Tom.

–¿Qué ganaba?

–Se llevaba los mejores años de mi vida y luego podía volver a empezar con otra.

–Para ser una persona con una autoestima tan alta, tienes la autoestima bajísima.

Me encogí de hombros.

–Luego me di cuenta de que un hombre siempre puede volver a empezar con otra. Hasta cuando tiene ochenta años. Así que la verdad es que la única manera de que yo ganara era que él se muriera. Que estuviera conmigo mucho tiempo y luego se muriera. Entonces ganaba yo.

–Cásate conmigo –dijo Matt.

–Soy consciente de que estoy loca –dije–. Algo es algo, ¿no?

–Lo digo en serio. Cásate conmigo. Aunque puede que quiera permiso para seguir saliendo con chicas como ella.

–¿Como quién? –pregunté.

Matt hizo un gesto en dirección a una mujer que llevaba un top de flecos. Ella lo miró de arriba abajo y luego le dio la espalda con gesto gélido. Era una de esas espaldas impecables, delgadas pero carnosas.

–Es como esas estatuas que hay a la entrada de los templos japoneses –me dijo Matt–. Tiene la mano derecha alzada, como para detenerme. Pero la mano izquierda está abajo y me llama con timidez.

–¿Eso ha hecho?

–Sí. Pero esta noche no tengo tiempo –dijo Matt–. Esta noche voy a coger la fruta madura.

Olivia se acercó a nosotros. Llevaba en la mano una bandejita de plástico llena de canapés. Arqueé una ceja y miré a Matt.

–No tan madura –se apresuró a decir.

–¿Qué? –preguntó Olivia.

–Nada –dije yo.

–No quisiera alarmarte –me dijo Olivia.

Señaló en dirección a una de las tarimas que habían instalado al fondo. Sid Hirsch y Mary Ellen estaban juntos al lado de una mesa, inmersos en una conversación.

–¿Cuál de nosotras debería preocuparse? –pregunté a Olivia.

–Eso me gustaría a mí saber.

Hasta mucho más tarde no vi por fin a Henry. Estaba de pie junto a una barra provisional que habían instalado a lo largo de la pescadería, y hablaba con una mujer que cada vez que se reía echaba la cabeza hacia atrás. Tenía un cuello increíblemente largo, yo no podía dejar de mirárselo. De hecho, eso era lo que estaba haciendo cuando Henry me divisó. Le miraba el cuello a la mujer. Vi cómo le tocaba el brazo y luego se dirigía hacia donde estaba yo.

–Hola –dije.

–Qué hay –dijo Henry.

–Tu pareja tiene un cuello larguísimo –dije.

–¿Eh? –Se volvió un instante para mirar a la mujer–. No es mi pareja.

–Pues, si te gusta, intenta no mirárselo –dije–, porque cuando se lo miras no puedes parar. Es hipnótico.

Henry la miró y, como si le hubieran dado el pie, ella hizo lo del cuello.

–Fascinante –dijo.

–Ésa es la palabra exacta.

–Alison –dijo Henry.

–¿Sí?

Esbozó una sonrisa a medias y no dijo nada.
–¿Qué pasa? –pregunté.
Respiró hondo.
–No puedo contigo.
Me lo quedé mirando.
–Lo he estado pensando y he llegado a la conclusión de que no puedo –dijo Henry.
–Oh.
–Me gustaría si no hubiera cosas raras.
Le gustaría si no hubiera cosas raras.
–No hay problema –respondí.
Sonreí, como intentando demostrarle que podía no ser rara.
–Bien.
Me puso una mano en el hombro derecho. Me lo apretó. Y luego volvió junto a la barra, con su copa y la chica del cuello.

Aquella noche me fui a casa y escribí una columna acerca del Valor de Mercado del Amor. Hacía años que quería escribir aquella columna en concreto pero me había contenido, y por dos motivos. El primero era que la idea no era mía. La había copiado para añadirla a mi repertorio, la había modificado un poco, y había sido hacía tanto tiempo que no recordaba de dónde la había copiado ni hasta qué punto la había cambiado, cosa que se hace en la vida cotidiana con toda tranquilidad pero que cuando he de hacer por escrito y para publicarlo me pone nerviosa. El segundo es que es un poco ofensivo. Cuando entregué la columna a la mañana siguiente Olivia se lanzó hacia mi escritorio en picado.
–¿Qué estás diciendo? ¿Que a los hombres les gustaría más si fuera más delgada y más guapa?
El asunto era un poco más complejo... pero en resumen, sí. Eso era lo que estaba diciendo. El Valor de Mercado del Amor es precisamente eso: el valor de una persona en el mercado del amor. Es lo que te hace pensar que dos personas encajarían, que deberían emparejarse, que una no va a largarse en busca de otro compañero mejor porque ambos son más o menos iguales, es decir, tienen aproxi-

madamente el mismo VMA. Y, siendo objetiva, la chica del cuello tenía un VMA mayor que el mío, porque era bonita. Ya he aceptado el hecho de que mi belleza es un gusto adquirido, que no soy para todos los paladares, y por lo general lo llevo bien (me basta con ser para el paladar de algunos), pero eso hace que baje mi Valor de Mercado del Amor y hay veces que eso me cabrea un montón.

Me resultó fácil escribir aquella columna. Me limité a redactar unos cuantos párrafos con las diversas cosas que habían desquiciado a mis amigos a lo largo de los años. Por si aún no se han dado cuenta, lo desquiciante es que el Valor de Mercado del Amor se basa en cosas diferentes para los hombres y para las mujeres. A las mujeres se las tasa en función de la juventud y de la belleza, y a los hombres en función de la riqueza y el poder. Resulta insultante para ambos sexos, pero como les dirá al momento cualquier mujer no es *igual* de insultante para ambos sexos. Y no se puede decir que lluevan protestas por parte de los hombres jóvenes y guapos.

En fin, el caso es que, como les he dicho, se trata de una de mis teorías predilectas y me sentí bien al plasmarla por fin sobre el papel, aunque más tarde, mientras releía el texto una última vez ya en la cama, me di cuenta de una cosa muy rara. De repente vi con claridad ultraterrena que creía a pies juntillas todo lo que había escrito. Lo creía en lo más hondo de mi ser, tan hondo como se supone que una cree en el amor. Me gustaría ser de esa gente que vive el momento, que no planifica ni prevé ni trama ni controla, pero no sé si mi cerebro lo soportaría. ¿En qué demonios iba a pensar todo el día? Mi cerebro juega con las relaciones. A eso se dedica. Veo a una pareja feliz, y de inmediato quiero saberlo todo. ¿Cómo se conocieron? ¿Quién quiere más a quién? ¿Quién tiene el poder?

Porque, en definitiva, de eso es de lo que estoy hablando. Del poder. ¿Quién tiene el poder? Eso es lo que siempre me ha encantado del concepto de Valor de Mercado del Amor, que es un intento de cuantificar aquello que más fascinante me parece. Me gusta su lógica casi matemática, el hecho evidente de que en ciertas relaciones, tras un tiempo, el desequilibrio de poder es tan exagerado que aparece la necesidad de reequilibrar la balanza. Pero lo cierto es que el poder es mucho más elusivo. Yo les voy a decir lo que es el poder.

La persona que ama menos tiene el poder. La persona que está más deseosa de abandonar la relación tiene el poder. Y les voy a decir una cosa más. La infidelidad es el poder. Haya pasado lo que haya pasado en una relación, el miembro de la pareja que va follando por ahí acapara todo el poder.

Y yo, que todo el tiempo había pensado que mi problema era que Tom me había abandonado, empezaba a pensar que el problema era más de base. Que tal vez el amor no debería ser cuestión de poder. Quizá todos mis problemas se basaban en que había confundido poder y amor.

13

–Cuanto más viejo me hago, más lejos del urinario empiezo a bajarme la bragueta –me comentó Sid Hirsch cuando entró en su despacho.

Era viernes por la tarde y yo estaba ya en el despacho de Sid, esperándolo, porque me había hecho llamar. Sid llamaba a la gente a su despacho y luego se esfumaba, porque le gustaba hacer apariciones espectaculares. Se dirigió hacia su escritorio y se sentó encima con las piernas cruzadas al estilo indio.

–Es yoga –explicó. Inhaló una bocanada de aire profunda, purificadora, y me miró a los ojos–. Tenemos un problema –dijo.

Mierda, pensé. Sid se ha enterado de lo mío con Henry. ¿Cómo se puede haber enterado de lo mío con Henry? Sopesé la posibilidad de que suscribiera la teoría de Olivia, ésa según la cual si piensas que dos personas se acuestan es que se acuestan (y el corolario de que si te parece que una persona es gay, es que lo es).

–¿Cuál? –pregunté.

–Me he enterado de lo tuyo con tu novio –dijo Sid.

–Vaya.

–Y de verdad que lo siento.

–No pasa nada –dije–. Lo superaré.

–Claro que lo superarás.

–¿Cuál es el problema?

Sid se presionó las sienes con los dedos y se puso los dedos bajo la barbilla para formar una pirámide de poder.

–Tu columna trataba de una buena chica que trataba de engatusar a un pobre idiota para que se casara con ella. Había un hilo de continuidad. Todos estábamos esperando a que le pusiera el anillo en el dedo. Ahora ha resultado que el tipo es un cabrón de mierda. Vale. Escribe esa última columna. Pon punto final a la historia.

Me lo quedé mirando.

–Vas a darle mi columna a Mary Ellen –dije.

–Para empezar, no es tu columna. Es mi periódico, así que es mi columna –dijo Sid–. Y para seguir, sí, se la voy a dar.

A ver, sí, ya había pensado qué podría hacer cuando dejara de trabajar en el periódico. De hecho había pasado muchos ratos libres fantaseando acerca de eso. Había varias versiones de la fantasía, todas las cuales giraban en torno a cómo me ofrecían un montón de dinero por algo que había escrito. A veces se trataba de un libro. A veces se trataba del guión para una película. A veces se trataba de un libro que escribía, luego interesaba a la gente del cine, y me suplicaban que escribiera el guión. Lo malo era que no estaba escribiendo nada, pero por raro que parezca eso no interfería en mi fantasía. Algún día lo escribiría, y entonces allí estaría la fantasía, esperándome. Pero esta situación en concreto no me la había planteado nunca. Nunca se me había pasado por la cabeza que me pudieran despedir.

–No me lo puedo creer –dije.

–No te lo tomes como algo personal –dijo él.

–Me estás despidiendo, Sid. No puedo evitar que me parezca personal.

–No es por ti. Es que hay una tendencia.

–¿Qué tendencia, si no te importa concretar?

Sid se bajó del escritorio y empezó a pasear a su alrededor.

–Pues eso –dijo–. Chicas calentorras en los bares que hablan sobre consoladores. Desvergonzadas en lo que a su sexualidad respecta. Son mujeres con un par.

–Yo soy una mujer –dije.

–Tu columna habla de una buena chica. La gente te quiere, pero no desea follar contigo. Metafóricamente hablando, claro. Seguro que hay montones de tíos que desean follar contigo –dijo Sid–. Yo follaría contigo.

–Que te follen, Sid.

Alzó la mano derecha como si estuviera encajando el golpe de buena gana.

–Esta chica tiene veintisiete años –dijo–. Es bi algo. Creo que sus padres han muerto.

–Los padres de Mary Ellen no han muerto –repliqué–. Su madre es la que manda las cartas.

–El caso es que escribe como si sus padres hubieran muerto –dijo Sid–. Si fuera mi hija, yo me suicidaría.

–¿Y si yo empezara a salir con otros tíos? –dije. Sopesé la posibilidad de contarle lo que había pasado con Henry... no porque se tratara de Henry, sino porque me había acostado con un tío cuatro veces en dos ocasiones diferentes y estaba deseando escribir sobre el tema–. Podría ser más explícita.

–Ya se me había ocurrido –dijo–. No saldría bien. No se puede convertir a Mary Tyler Moore en una puta y que los lectores se lo crean.

No dije nada.

–No te preocupes porque sea patético –siguió–. Hoy en día, no hay nada a lo que la gente se pueda enganchar.

–Sí que hay algo a lo que se pueden enganchar –repliqué–. Yo. La gente se puede enganchar a mí.

–Lo siento, Alison. Pero tienes todo tu futuro por delante.

–Todo el mundo tiene el futuro por delante, Sid. Por eso lo llaman futuro.

Me levanté para marcharme.

–Te voy a dar un consejo –dijo Sid.

–Cuál.

Se pellizcó un mechón de vello que le salía por el cuello en forma de V de la camiseta.

–Trasládate a Pittsburgh.

–¿A Pittsburgh?

–Allí hay un semanario muy agradable. Más bien pequeño. Tendrás que completar los ingresos haciendo de camarera. Si quieres telefonearé al editor para recomendarte. Se llama Ed –dijo Sid. Puso cara de desconcierto–. O Ted. Tengo que buscarlo.

–Que te den por culo, Sid –dije.

Y me marché.

Recorrí el pasillo en un estado de pánico creciente. Escribir una columna para un periódico alternativo no es gran cosa, pero era todo lo que tenía. Y lo acababa de perder. No me cabía una gota más de humillación en todo el cuerpo. Al llegar a la altura del despacho de Henry miré la puerta, que estaba cerrada. Por supuesto, no se me escapaba la ironía de la situación, me había embarcado en una aventura clandestina con uno de mis jefes y el otro me despedía porque nadie quería follar conmigo. (¿Eso es ironía? Con la ironía siempre me confundo. Y aunque sea ironía, seguro que se vuelve mucho menos irónico cuando se añade el hecho de que seguramente Henry ya no quería seguir follando conmigo. En realidad, eso ya no es ironía, es sólo deprimente.)

Estaba también el problema del dinero. No me gusta tocar este asunto en concreto porque da una imagen patética de mí, pero lo cierto es que mi plan de ganar un montón de pasta por algo que iba a escribir había tenido repercusiones nada positivas, por ejemplo que había conseguido acumular una montaña de deudas con la tarjeta de crédito y ya no tenía manera humana de pagarlas. No tenía manera humana de pagarlas cuando contaba con un empleo remunerado, y después de perderlo no tenía ni con qué afrontar los gastos mínimos. ¿Por qué dejan tarjetas de crédito en manos de personas como yo? ¿Por qué, por qué, por qué? En el momento de amasar mi deuda, mi lógica, aunque puede que lógica no sea la palabra más adecuada, era que yo era como esos cineastas renegados que hacen películas enteras sin más financiación que sus tarjetas de crédito. Sólo que yo me había saltado la parte de hacer la película. Había ido a Marruecos. Había comprado zapatos.

Al llegar al despacho abrí la puerta. Matt estaba sentado tras mi escritorio y leía mi columna.

–Camilla Parker-Bowles –dijo sin alzar la vista.

–¿Qué?

–Si tu teoría del Valor de Mercado del Amor es correcta, ¿cómo explicas lo del príncipe Carlos con Camilla Parker-Bowles?

–La verdad es que no lo sé, Matt.

Se levantó y se dirigió hacia mí. Me escudriñó con gesto serio.

–¿Qué te ha pasado?

–Sid me acaba de despedir –dije.
–Imposible.
Asentí con la cabeza.
–No es posible.
–Mucho me temo que sí.
–Dios mío. Esto es una locura –dijo Matt–. Si te puede despedir a ti, a mí puede... no sé, ejecutarme sumariamente en el pasillo. ¿Te ha dicho por qué?
Repasé la conversación con Sid.
–Por lo visto no escribo suficiente sobre consoladores.
–Cosa cierta. Completamente cierta –dijo Matt–. Aunque no sabía que por una infracción como ésa te podían despedir.
–Ni yo.
–Lo puedes demandar.
–Nadie me creería –dije–. Casi no me lo creo ni yo, que estaba presente...
–Vámonos de aquí.
Bajamos por las escaleras y salimos a la calle. Tras una breve consulta nos dirigimos a casa de Matt. Le conté todo lo que había pasado en el despacho de Sid, mientras él intercalaba las exclamaciones pertinentes. Empecé el relato bastante trastornada, y luego me puse furiosa hasta niveles increíbles, pero para cuando llegamos a casa de Matt me sentía casi normal otra vez. Es el efecto que surte Matt sobre mí, nunca he sabido por qué.
–Te voy a preparar algo de comer –dijo cuando entramos.
–No sabía que cocinabas.
–Pues claro que cocino. Sólo sé preparar un plato, pero lo hago mejor que nadie.
–¿Qué plato?
–Huevos a la florentina.
–Nunca he probado los huevos a la florentina.
–¿Sabes qué ingredientes llevan?
–Ni idea.
–Mejor.
Matt despejó un espacio en la barra de la cocina para que me acomodara, me senté en uno de sus taburetes altos y empecé a pi-

cotear de los pistachos que tenía en un cuenco. Él abrió una botella de vino tinto y sirvió dos copas generosas. Me tendió una y luego alzó la suya para brindar.

–¿Te cuento mi última teoría? –pregunté.

–Claro.

–Creo que brindar es la nueva forma de rezar –dije–. Es la manera aceptada por la sociedad de ceder al impulso de la plegaria comunitaria. Por eso ya nadie dice «chin-chín».

–En ese caso –brindó Matt–, santos-Jesús-María-y-José-ayudadnos-Dios-del-Cielo-ayúdanos.

Chocamos las copas y bebimos.

Matt empezó a picar un manojo de albahaca.

–¿Sabes una cosa? –dijo–, al final resultará que esto es lo mejor que te podía pasar.

–No digas eso –supliqué.

–¿Por qué?

–Porque es lo que dice todo el mundo cuando te pasa algo espantoso, y además no tiene la menor base real –respondí–. Pasan montones de cosas malas que son sólo eso, malas, y la gente nunca se repone, su vida nunca vuelve a ser como era; por el momento es imposible saber si ésta es de esa clase de cosas o de la otra clase de cosas.

–¿La otra clase de cosas?

–Las cosas malas que al final son cosas buenas.

–Creo que te repondrás de esto –dijo Matt.

–Te lo agradezco.

–Y creo que también te repondrás de lo de Tom.

–Puede que me reponga y puede que no –dije. Bebí un largo sorbo de vino–. Tú no lo puedes entender, porque no tienes que preocuparte de estar haciéndote demasiado mayor para tener hijos.

Matt dejó de picar albahaca y alzó la vista.

–Oye, me gustaría tener hijos antes de ser demasiado viejo como para abusar de ellos.

Me eché a reír. No lo pude evitar.

–Mira, eso es una buena señal. Tu vida se está derrumbando y todavía eres capaz de reír de chistes sobre abusos. No todo está perdido.

–Se ha perdido mucho.

–Pero no todo.

Subí al piso de arriba para ir al baño. Matt vive en una de esas casas adosadas que se construyeron a mediados del siglo XIX, cuando por lo visto los habitantes de Filadelfia eran diminutos. La cocina está en el sótano, el dormitorio arriba del todo, y entre ambas habitaciones hay una sala de estar. A mí me recuerda a una casa de muñecas necesitada de una buena dosis de restauración.

Cuando volví a bajar nos sentamos a la mesa a comer. No encontré ninguna diferencia entre los huevos a la florentina de Matt y una tortilla de tomate y albahaca.

–¿Te importa si me emborracho esta noche? –pregunté.

–¿Por qué me iba a importar?

–Cuando me voy a emborrachar, prefiero avisar antes a quienquiera que esté conmigo. No quiero que nadie piense que es un accidente.

–De manera que prescindes de la consciencia de manera consciente.

–Sí –dije–. Supongo que se podría calificar de comportamiento alcohólico, pero no estoy segura.

–Salí con una mujer que estaba en Alcohólicos Anónimos y según ella todo lo que yo hacía era comportamiento alcohólico.

–¿Por ejemplo?

–Cualquier cosa –respondió Matt–. Como emborracharme todos los días.

Sonreí.

–No confiar en la vida. No dejaba de decirme que tenía que confiar en la vida. En mi vida. Y si algo me ha demostrado mi vida es que la vida no es digna de confianza.

–¿Qué le pasa a tu vida?

Matt se arrellanó en la silla y cerró los ojos un instante.

–Bueno –dijo–, el pasado fin de semana tuve que ir al funeral de mi tía Mitzie.

–Lo siento mucho.

–No pasa nada –dijo Matt–. A ella sí, claro. Está muerta. Pero yo estoy bien.

–Estupendo.

–El caso es que mi tío, que tiene setenta y seis años y no goza de la mejor salud del mundo, se ha quedado solo. Mi tía era la que lo cuidaba, pero un buen día, puff, va y se muere mientras duerme. Bueno, el caso es que estamos en la sinagoga y mi tío está sentado en la primera fila en su silla de ruedas, y se pasa la ceremonia entera gimiendo «Me quiero morir. Por favor, que alguien me ayude a morir, ya no quiero vivir más, quiero morir». Ni te puedes imaginar lo deprimente que resultaba. O sea, no tiene hijos, está muy enfermo, y la que ha sido su esposa durante cincuenta años va y se cae muerta en mitad de la noche. Estaba en la cama, así que no se cayó muerta en el sentido literal, puesto que estaba acostada...

–Al grano.

–Al grano. Nos vamos todos en los coches al cementerio. El ataúd está allí, a punto para que lo metan bajo tierra, y la gente dice lo que se dice en estos casos, sólo que casi no se oye nada porque sopla un viento espantoso y mi tío no para de gemir, «Solo quiero morir, por favor, que alguien, quien sea, me ayude a morir. Ya no puedo seguir así. Libradme de tanto sufrimiento». Y al momento siguiente se vuelve hacia el que le empujaba la silla de ruedas y dice «Tengo frío, llévame a sentarme al coche». –Matt bebió un buen sorbo de vino–. Eso resume a la perfección mi situación psicológica. Quiero morir, pero también tengo frío y quiero ir a sentarme al coche.

–Buena historia.

–Lo sé. Estoy pensando utilizarla cuando tenga una cita –dijo Matt–. ¿Cómo quedo?

–Gracioso. Perceptivo –dije–. Un poco desequilibrado.

Me levanté para buscar un vaso de agua. Me quedé de pie ante el fregadero mientras lo llenaba. Miré por encima del hombro a Matt, que se había quedado sentado a la mesa. Tenía una expresión rara en el rostro.

–¿Qué pasa? –pregunté.

–Se te está poniendo un culo muy bonito –dijo.

–No digas eso.

–¿Por qué? Es un piropo.

–No me gusta que alguien a quien conozco me monitorice el culo –dije–. Ni para bien ni para mal.

–De acuerdo. Cancelaré mi programa de monitorización del culo de Alison –dijo.

Volví a sentarme a la mesa.

–¿Por qué no le monitorizas el culo a Olivia?

–Ya lo hago.

Más tarde subimos al piso de arriba y nos sentamos en el sofá. Matt había abierto otra botella de vino y ya habíamos dado buena cuenta de ella. Me arropé las piernas con una manta.

–No hay nada peor que un funeral judío –dijo Matt–, porque no tenemos otra vida.

–Algo tendréis –señalé.

–Cuando era niño le pregunté a mi padre si cuando muriera iría al cielo. Me dijo que no, que los judíos no creemos en el cielo. Y yo voy y le pregunto, bueno, entonces ¿en qué creemos? Y me dice que en nada.

–¿Eso te dijo? ¿De verdad? ¿En nada?

–En nada –suspiró Matt–. Yo tenía nueve años. Lo que significa que la crisis existencial provocada por aquel «nada» ya tiene más de un cuarto de siglo. La mayor parte del tiempo se le quita importancia, pero te puedes imaginar que durante un funeral sale el tema.

–¿Qué dice la gente?

Hizo girar el vino en la copa.

–Por lo visto la tía Mitzie va a vivir en mi recuerdo. Por desgracia para ella, porque invierto muy poco tiempo en recordar a los muertos –dijo Matt–. Tú eres católica, ¿no?

–No, protestante.

–Es lo mismo –dijo–. Al menos vosotros tenéis cielo. Al menos tenéis ángeles con arpas diminutas y eso de «ve hacia la luz blanca».

La verdad es que me parece que no creemos en lo de la luz blanca, pero no quería ser picajosa, así que no dije nada.

–Aunque no sea cierto, a veces resultaría agradable creer que lo es –dijo Matt.

Nos quedamos en silencio un instante. La cabeza me empezaba a dar vueltas de tanto vino.

–En fin –dijo Matt. Se había puesto muy serio–. ¿Quieres follar?

Solté una carcajada breve, sorprendida.

–No, pero gracias por preguntar.

–Soy un caballero hasta la médula –dijo Matt–. Toma un poco más de vino. Igual cambias de opinión.

–Me parece que necesito dormir –dije. Me acordé de lo que me había contado Matt acerca de la chica de los cuatro gatos–. Podría meterme en tu cama y acostarme pero sin acostarme contigo.

–Sabía que eras de ésas –dijo.

Subimos un piso más. Matt me prestó una camiseta y unos calzoncillos largos. Fui al cuarto de baño a cambiarme y luego me metí en la cama. Matt tiene una cama comodísima. Es enorme, ocupa tanto espacio que cuando te metes o te bajas no se pude hacer desde los lados, porque las paredes quedan demasiado cerca. Hay que subirse desde los pies. Matt apagó la luz y se metió en la cama junto a mí. Me rodeó con los brazos y a los pocos minutos empecé a dejarme llevar por el sueño.

–Cuando estabas en primaria –dijo Matt–, ¿eras una de esas chicas que, al prestarle a otro un lápiz, decía «me lo tienes que devolver»?

–No.

–Sólo quería asegurarme.

14

Conocí a Tom Hathaway en una cena que dio mi amiga Nina Peeble. Nina había sido mi mejor amiga en otros tiempos; luego durante una temporada no fue mi amiga, pero para cuando dio la cena en la que conocí a Tom volvíamos a ser amigas. Recuerdo que al llegar aquella noche a casa pensé que tenía mucha suerte de que Nina y yo volviéramos a ser amigas, porque si no nos hubiéramos reconciliado no me habría invitado a su cena, y si no hubiera asistido a su cena no habría conocido al hombre con el que iba a casarme, y si no hubiera conocido en aquella cena al hombre con el que iba a casarme tal vez no lo habría conocido nunca y habría desperdiciado el resto de mi vida buscándolo.

–No sé, no sé –dijo Nina al día siguiente cuando la llamé y le pregunté por Tom.

–¿Qué tiene de malo? –quise saber.

–Nada –dijo Nina.

–Venga, ¿qué es?

–¿No te molesta eso de su nariz? –preguntó.

–¿Qué le pasa en la nariz?

–Si no te has fijado, genial –dijo Nina.

–¿En qué me tendría que haber fijado?

–En nada. Déjame ver qué puedo hacer.

Dos semanas más tarde, Tom Hathaway me llamó para decirme que si quería ir a cenar con él. Nina lo había organizado todo. No hay palabras para explicar lo bien que se le dan a Nina Peeble estas cosas. Una vez se las apañó para arreglar una cita entre su hermano Jack y una ginecóloga que él había visto en *The Today Show*, en un reportaje sobre perimenopausia. Seis meses más tarde estaban haciendo planes de boda. El caso es que fue muy amable por su parte, y desde luego era más de lo que yo podía esperar, dado lo complejo de nuestra historia común.

Creo firmemente que todas las amistades femeninas que funcionan entran dentro del mismo prototipo básico: a una le toca hacer de chica y a otra hacer de chico. Estaba a punto de decir que esto no tiene nada que ver con el lesbianismo, pero ahora que lo pienso no estoy nada segura; de hecho, lo que digo es que se trata de una versión sin sexo del mismo acuerdo al que llegan muchas parejas lesbianas, una hace de chica, otra hace de chico, y a ambas les parece más o menos bien. Lo que tengo yo de interesante es que en algunas relaciones de amistad soy la chica y en otras soy el chico. Por ejemplo, con Bonnie soy la chica, sobre todo porque está casada y tiene tres hijos, y ya no tiene el menor interés en seguir siendo la chica; con mi amiga Angie también soy la chica, porque es tan sensata que no quiere ser la chica. Pero con Nina Peeble soy el chico. De toda la vida. Incluso antes de conocerla ya sabía que para que Nina y yo fuéramos amigas tendría que ser el chico, porque resulta que vi el contenido de su cajón de ropa interior. Iba a ser mi compañera de habitación en mi primer año de preuniversitario, y cuando llegué el día del inicio de curso ella ya estaba instalada y se había ido a la librería del campus. Mientras buscaba un lugar para poner mis cosas, abrí lo que resultó ser su cajón de ropa interior. Había hileras y más hileras de bragas en tonos pasteles dobladas a la perfección, dispuestas con todo mimo entre diminutos separadores, bolsitas perfumadoras y cajitas que contenían dios sabe qué, y al momento supe que yo no podía competir con aquella mujer.

Lo malo de este tipo de acuerdos es que, tarde o temprano, la que se ve obligada a hacer de chico empieza a estar resentida. Mi resentimiento contra Nina tardó ocho años en aflorar y cuando lo hizo fue de la siguiente manera: me quedé a dormir en casa de su ex novio y estuve a punto de acostarme con él, y después la llamé para contárselo. Por supuesto, en aquel momento yo no era consciente de cuál era la motivación que me movía, creía de verdad que el chico me gustaba. Se llamaba Andy Bass y llevaba escritas cuatrocientas cincuenta páginas de una novela acerca de un peregrino del siglo XII que iba a Santiago de Compostela con una vieira atada al cuello. Su apartamento estaba atestado de libros sobre órdenes monásticas, arquitectura medieval y la Muerte Negra, y la noche que me quedé a dormir allí tuve que ponerme guantes de esquiar porque le habían cortado la calefacción por falta de pago. Estuvimos despiertos casi toda la noche, charlando acerca de Rilke y Foucault, y a las seis de la mañana saltó de la cama para cambiar el coche de acera y evitar que le pusieran una multa de aparcamiento. Sin saber por qué me resultaba atractivo. De cualquier manera, era una completa estupidez, para empezar no debí pensar en liarme con él, y cuando se lo conté a Nina se mostró comprensiblemente enfadada (aunque, para ser justos, hay que decir que Nina y Andy no se habían visto en cuatro años y que lo suyo había terminado de todas todas, ya que a aquellas alturas de su vida Nina Peeble salía casi en exclusiva con banqueros inversores y con futuros congresistas), y el resultado fue que me retiró la palabra durante dos años. Pero de repente, tan bruscamente como había empezado, todo terminó. Nina me llamó por mi cumpleaños, me dijo que me echaba de menos y que me perdonaba, que quería que volviéramos a ser amigas, que iba a dar una cena con invitados y que por qué no iba. Le dije que sí; y fui; y allí estaba Tom.

Con la única base de dos anécdotas que Tom contó durante la cena me las arreglé para crearle una personalidad hipotética bastante elaborada. La primera era sobre unos trámites legales que estaba haciendo en favor de tres huérfanos cuya madre de acogida había maltratado: no les daba de comer nada más que pan de molde y sopa de ketchup. La segunda era sobre las seis semanas que había pasado solo en Alaska yendo en canoa. Vaya, vaya. Ahí teníamos a un hombre que se preocupaba por los huérfanos. Ahí teníamos a un hombre que no tenía miedo de los osos. Ahí teníamos a un hombre capaz de pescar salmones con un simple sedal atado a la canoa. No creo que me vaya a encontrar nunca en una situación que me haga necesitar a un hombre capaz de pescar salmones con un simple sedal atado a la canoa, pero aun así, nunca se sabe.

Para cuando Nina Peeble convenció a Tom de que me invitara a cenar, yo ya estaba embriagada de fantasías acerca de nosotros dos navegando en canoa por ríos indómitos, con nuestra parejita de hijos biológicos y los adorables huerfanitos pecosos que habíamos adoptado, hasta tal punto que estaba segura de que se me iba a notar. Me pareció que mi única esperanza estribaba en fingir que Tom no me interesaba, pensé que los dos polos se anularían el uno al otro y como resultado yo parecería hasta cierto punto normal. De modo que cuando Tom llegó a buscarme al portal empecé a buscarle defectos. Era tan alto como recordaba, tenía los hombros igual de anchos, pero Nina estaba en lo cierto acerca de su nariz, la tenía un poquito torcida hacia la izquierda. A Nina jamás se le pasaría por la cabeza salir con un hombre que tuviera la nariz torcida, pero ella se podía permitir el lujo de ser exigente. Yo ya había renunciado a las exigencias. Se podría argumentar que jamás había sido exigente –si no, ¿cómo se explican mis diecinueve meses con Gil-el-homosexual?–, pero lo cierto es que Gil había sido el típico novio bueno-sobre-el-papel y con mi nivel de exigencia de los veintitantos lo había elegido en demérito de otros candidatos con defectos más evidentes, aunque heterosexuales. En fin, el caso es que la nariz de Tom es lo que impide que se le clasifique entre los guapos convencionales, cosa por la que siempre he estado agradecida. Se le nota sólo lo justo como para pensar que quizá tuvo algún trauma durante el parto. (Años más tarde le comenté esta teoría a mi terapeuta Janis Finkle, lo de que a lo mejor Tom se sentía asfixiado en nuestra relación porque se había quedado atrapado en el canal vaginal durante el parto, y Janis me dijo «A lo mejor se siente asfixiado en vuestra relación porque lo estás asfixiando».)

–¿Qué demonios pasó anoche? –me preguntó Nina cuando la llamé a la mañana siguiente.

–¿A qué te refieres? –dije.

–Tom cree que te cae mal.

–Sólo quería parecer poco interesada –respondí.

–Pues lo has conseguido.

–Mierda.

–Me dijo que no dejaste de mirarle la nariz.

–Dios mío.

–Ya te dije que la tenía horrible –señaló–. Pero no me quisiste creer.

–No me importa, de verdad –dije.

–Las narices tienen que estar en el centro de la cara.

–Me parece que me he enamorado de él.

–Cielo santo –dijo Nina–. A ver qué se puede hacer.

Así que Nina volvió a poner manos a la obra y Tom me volvió a llamar, y volvimos a salir a cenar y luego, en un valeroso esfuerzo por no parecer poco interesada, lo invité a subir a mi apartamento y me acosté con él. No era precisamente mi estilo, pero había que ver adónde había llegado con mi estilo hasta entonces: sólo había tenido un amante, un gay que iba por ahí con el apellido de una mujer china que lo había plantado por un profesor de tango argentino. Tal vez hubiera llegado el momento de cambiar de estrategia. Así que, cuando Tom me acompañó a casa, lo invité a subir, y mientras abría la puerta del portal me puso las manos en los hombros y me hizo darme la vuelta. Y entonces me besó.

–¿Sabes que las ratas no se aparean si no les gusta el sabor de su pareja? –dijo Tom.

–¿Perdón?

–Así saben si son genéticamente compatibles –dijo–. Si les gusta el sabor mutuo, es que son compatibles.

Me besó de nuevo.

–Me gusta tu sabor –dijo Tom

–A mí también me gusta tu sabor –respondí.

Me doy perfecta cuenta de que no suena nada romántico, pero tendrán que confiar en mí. Tendrán que confiar en mí porque de verdad es muy, muy difícil explicar qué hace que te enamores de una persona. Lo que te desenamora es muy sencillo: la traición, la infidelidad, las mentiras, las pequeñas crueldades... son cosas mucho más fáciles de detallar. Pero en conciencia, no podía dejar de contar lo de nuestro primer beso y lo del sabor de las ratas, porque es representativo de toda una faceta de Tom de la que me enamoré enseguida, la que yo denomino su parte de maestro. De hecho, durante los primeros meses de nuestra relación, parecía que cada vez que hacíamos el amor me estaba explicando algo. Cómo consiguen que las sandías sin pepitas no tengan pepitas. Cómo funcionan los relojes conectados a patatas. Por qué nuestros hijos tendrían los ojos azules, pero no serían necesariamente rubios. En cierta ocasión, cuando fuimos a pasar el fin de semana a Lancaster, me hizo salir a medianoche a un campo de alfalfa y me señaló las diferentes constelaciones con el haz de luz de la linterna, y cuando volvimos al hotel rural hicimos el amor en lo que resultó ser un sillón de orejas de noventa años de antigüedad, que los propietarios retiraron de nuestra habitación a la mañana siguiente mientras estábamos desayunando, junto con la alfombra oriental.

–¿Sabes qué es lo más raro? –me dijo Tom a la mañana siguiente.

–¿Qué?

–Esto es exactamente como se supone que debe ser. En mi experiencia, hay pocas cosas que sean exactamente tal como deben ser.

–Te entiendo muy bien.

–¿De verdad?

–Sí.

–Perfecto –dijo–. Eso significa que tú también me quieres.

Y así era. Yo le quería y él me quería a mí, y durante mucho tiempo todo fue maravilloso. Era una relación. Éramos una pareja. Celebrábamos el día de Acción de Gracias en casa de sus abuelos, la Navidad en la de mis padres y Nochevieja con nuestros amigos Darren y Wendy, y una vez, muy al principio, hasta llegamos a tallar juntos una calabaza por Halloween. Cuando se casaba alguna pareja de conocidos enviábamos el regalo de boda en nombre de los dos, cuando la mujer de Sid acabó muerta en el fondo de la piscina mandé un elegante ramo de lirios blancos de parte de los dos, y los hijos de mi hermana nos llamaban tía Alison y tío Tom. Yo era feliz. Estaba relajada. Pero de cuando en cuando sucedía algo que me recordaba que todo era una ilusión... No, ilusión no es la palabra adecuada; era real, pero también era temporal. Era una situación temporal.

Como cuando Tom decidió comprar un sofá nuevo.

–¿Qué tiene de malo tu sofá? –pregunté.

–Nada. Sólo que estoy harto de él –dijo Tom.

–No sé qué decirte –dije cuando lo vi en la exposición (era de esos sofás que sólo se ven en las exposiciones).

–¿Qué le pasa?

–No combina con nada –señalé.

–Es negro –dijo–. El negro combina con todo.

–Los zapatos negros combinan con todo –repliqué–. Un sofá de cuero negro solo combina con... no sé, con un mobiliario estilo Buck Rogers.

–Pues a mí me gusta –dijo.

Tom compró el sofá. Lo siguiente que trajo a casa fue una mesa baja de bordes dentados y superficie de cristal. Luego un horroroso mueble para el televisor y el vídeo. Y yo cerré la boca. Traté de no presionarlo. Traté desesperadamente de ser de esas mujeres tan equilibradas que ni siquiera se dan cuenta de que su novio de hace tres años está tomando decisiones sobre compras importantes para la casa sin siquiera considerar si sus compras hacen juego con el mobiliario de buen gusto, nada del tipo Buck Rogers, que ellas han ido reuniendo con mimo a lo largo de toda su vida adulta. Me recordaba constantemente que el único hombre que no tiene miedo al compromiso es el que ya está comprometido con otra. Ve despacio. No lo ahogues. El sofá siempre lo podemos poner en su estudio.

Pero, de cuando en cuando, dos piezas encajaban en mi interior.

–Tú crees que no tienes problemas, pero sí –le dije a Tom una vez al volver de la sesión de terapia.

–¿Qué problemas?

–No te lo voy a decir.

–Dime uno –pidió Tom.

–Vale –dije–. Tu madre.

–¿Qué pasa con mi madre?

Respiré hondo.

–Tienes sentimientos de furia sin resolver contra tu madre.

–No es verdad –dijo.

–Sí es verdad –dije.

–Quiero mucho a mi madre.

–Crees que la quieres mucho.

–¿Y eso qué quiere decir? –preguntó Tom.

–Quiere decir que todos pensamos que queremos a nuestras madres y que nuestras madres nos quieren, hasta que un buen día nos paramos a pensar en serio –dije–. Puede que nos quieran y puede que no, pero sea como sea es entonces cuando salen a la luz los problemas.

–Puede que no quiera que mis problemas salgan a la luz.

–Es que eso está impidiendo que nuestra relación pase al siguiente nivel.

–Me gusta este nivel –dijo Tom–. Estoy muy cómodo en este nivel.

–Porque estás furioso con tu madre.

(Chicas, mucho cuidado con los hombres que detestan a sus madres. Porque un hombre que detesta a su madre te acabará detestando a ti. Por desgracia, es muy difícil que un hombre reconozca que detesta a su madre. Si tratas de forzar el tema, lo único que conseguirás es convencerlo de que la que detesta a su madre eres tú, cosa que luego utilizará como excusa para empezar a detestarte a ti, cuando en realidad a quien detesta es a su madre. En algún momento seguro que hará un comentario informal sobre ella, en un tono de voz despreocupado pero que te hará preguntarte si detesta a su madre, y confiad en mí, eso es que la detesta.)

En fin, en realidad no tiene importancia. Un hombre detesta a su madre, o la quiere un poco demasiado. O es cerrado, de manera que nunca sabes a ciencia cierta a qué te enfrentas, o es del tipo verborreico que te informa con todo detalle de aquello a lo que te enfrentas, y verte enfrentada a eso hace que te cagues de miedo. Al final, lo que tienes entre manos es un caos y tu relación consiste en intentar poner un poco de orden. No me gusta parecer cínica en este tema, pero es que no puedo evitarlo. Te enamoras de una persona porque a tu subconsciente le gusta algo de su subconsciente, y hasta mucho más tarde no te das cuenta de que lo que le gustaba a tu subconsciente era el hecho de que esa persona estaba diseñada para hacerte daño precisamente de la manera que más temías.

Y lo peor –sí, aún no he llegado a lo peor– es que incluso cuando crees que ya lo tienes todo claro, no es así. Incluso cuando crees que ya eres consciente de todo, no lo eres. Sólo te lo parece. Seguro que ahora mismo están seguros de que lo comprenden todo. Probablemente estarán pensando, sí, antes yo era así, pero luego hice los deberes, planché las arrugas de mi psique, di con la persona ideal, hacemos ejercicios especulares juntos, hemos dejado de lado nuestras proyecciones, ahora soy feliz. Y no digo que no sean felices. Solo que hay que tener mucho cuidado con la felicidad. Porque tiene tendencia a ser temporal.

Todo esto se lo cuento por un motivo, claro. La noche de la fiesta, Nina Peeble me había augurado que Tom volvería pero no la creí, en el fondo no la creí, aunque era lo que más deseaba en el mundo. Tenía suficientes años como para saber que con Nina vuelven todos y conmigo no.

Pero Tom –sorpresa, sorpresa– volvió.

15

Por supuesto, después le conté a Nina Peeble que Tom se había presentado en la puerta de mi casa, y cuando le dije que llevaba el tarro de mostaza Nina soltó un bufido.

–Qué gilipollas.

A decir verdad, aquello me sorprendió un poco. O sea, sabía que a Nina no le haría gracia que Tom me hubiera engañado y me hubiera abandonado por Kate Pearce y luego quisiera volver conmigo, pero no estaba preparada para ver que lo de la mostaza le molestaba tanto. De hecho, hasta que Nina no soltó aquel bufido no se me pasó por la cabeza que hubiera más de una manera de mirarlo. En su momento el detalle no me pareció encantador, ni ingenioso, pero sí lo suficientemente próximo a encantador e ingenioso como para que resultara interesante, digno de comentárselo a los demás. Y la verdad era que no me había fijado en la mostaza hasta después de registrar la expresión en la cara de Tom. La tendrían que haber visto. Traté de describírsela a Nina para mitigar el efecto que estaba teniendo sobre ella la mostaza, pero no quiso saber nada.

–¿Sabes lo fácil que es poner cara triste y culpable después de hacerle una canallada así a la persona que amas? –dijo–. Pues mucho, es facilísimo.

Está claro que Nina y yo a menudo vemos las cosas de manera diferente. Uno de los motivos de que me haya sido tan difícil seguir siendo su amiga a lo largo de los años es que siempre dice lo mismo de todos los hombres con los que salgo. «Puedes aspirar a algo mejor», me dice. Una y otra vez, que puedo aspirar a algo mejor. Otra cosa que me dice Nina y que de verdad me pone de los nervios es «No querrás ser una madre vieja». «Puedes aspirar a más» y «No querrás ser una madre vieja»... ¿qué hago con una amiga que me dice estas cosas? ¿Para qué quiero aguantar tanta mierda?

(Y ya que hablamos del tema, quiero dejar bien clara una cosa: sí, quiero ser una madre vieja. Deseo con toda mi alma ser una madre vieja. No envidio ni lo más mínimo a las mujeres que tienen a sus hijos siendo muy jóvenes. Y no me interesa que me cuentes por qué tendré más dificultades que tú, que acabaré más gorda, más encorvada y más cansada de lo que estarás tú en toda la vida. No quiero saber lo joven que serás cuando tus hijos se marchen a la universidad, ni lo vieja que seré yo cuando se marchen los míos. Eso es estúpida competitividad femenina de la peor especie y me tiene harta.)

Al grano. Tom en mi puerta. Vale. Aquel sábado por la mañana me desperté en la cama de Matt. Era agradable despertarse con otro cuerpo en la cama, aunque sólo fuera Matt. Me quedé tumbada allí unos minutos mirándole la nuca y luego me levanté, me vestí y salí en silencio. De camino a casa me detuve en la panadería Metropolitan y compré una rosquilla de cebolla y una taza de café, y cuando doblé la esquina de Delancey vi a Tom. Estaba sentado en el peldaño superior del portal y en su postura había algo que me dijo de inmediato lo que pasaba. Vaya, vaya, vaya, pensé mientras cruzaba la calle y me dirigía hacia él por la acera. El corazón me latía a toda velocidad y sentía cómo la sangre me cosquilleaba en las puntas de los dedos, pero mi cerebro sólo era capaz de pensar «Vaya, vaya, vaya. ¿Qué tenemos aquí?».

–Te echo de menos, Alison –dijo Tom.

No dije nada.

–Te quiero –dijo.

Me lo quedé mirando.

–No puedo vivir sin ti –dijo.

–Por lo visto sí que puedes –señalé. Me sentí orgullosa de mi salida, así que la repetí–. Por lo visto sí que puedes.

Ésta es una de las partes más complicadas de la historia. La complicación estriba en intentar explicarles a ustedes por qué no le rompí de inmediato en la cabeza una de las macetas de terracota de mi casera. O sea, aquel tipo me había abandonado en mitad de una fiesta, me había dicho, ¡y por teléfono!, que estaba enamorado de otra... y allí lo tenía de repente, sentado en mi portal y con un tarro de mostaza en la mano. Era como si las dos semanas anteriores hubieran existido sólo en una especie de tiempo alternativo, como si Tom se hubiera perdido en alguna encrucijada espacio-tiempo, sólo que ya estaba allí, otra vez en casa, y ¡aleluya, se había acordado de la mostaza! Me imagino lo que estarán diciendo. Vamos, vamos, Alison. No hagas caso de lo que te diga ese tío. No le des el gusto.

Pero tienen que comprender que llevaba mucho tiempo esperando aquel momento, y quería verlo hecho realidad.

–Lo siento mucho, Alison.

–Te avisé sobre ella.

–Ya lo sé.

–Y no me hiciste caso.

–Fue un error. Un gran error. Un error espantoso.

–¿Todavía la quieres?

–Alison...

–¿La quieres?

–Te quiero a ti –dijo Tom–. Te necesito. Lo siento mucho.

Crucé los brazos.

–No –dijo Tom–. No, no la quiero. La verdad es que nunca la he querido.

Me senté unos cuantos peldaños por debajo de Tom. Saqué la rosquilla de la bolsa de papel y empecé a quitarle metódicamente la crema de queso con un cuchillo de plástico hasta que sólo quedó una fina película. Recuerdo que, mientras lo hacía, pensaba que así daba una imagen genial, que quedaba de fábula comiéndome la rosquilla como si no estuviera pasando nada importante. Ahora creo que algo en mi interior me decía que, ya que Tom no había tenido la cortesía de concederme una ruptura real al romper conmigo por teléfono, yo no le iba a conceder la oportunidad de ponerse teatral. De todos modos, tengo que reconocer que sentí cierta satisfacción. En aquel momento no tenía ni la más remota idea de cómo quería enfrentar la situación, pero mentiría si dijera que la sensación no era grata.

–Yo también me he acostado con alguien –dije por fin–. Estos días, digo.

Di un mordisco a la rosquilla.

–Ya llevo tres –añadí.

Alcé la vista para mirar a Tom.
–No sé si me quiero quedar en tres.
Tom asintió, pensativo.
–Alison...
–¿Mmm...?
–Me gustaría volver a vivir contigo.
Tragué el trozo de rosquilla.
–Tengo serias dudas.
–Por favor, Alison –dijo–. Por favor.

Durante una significativa parte de nuestra relación yo no había querido irme a vivir con Tom, Tom no había querido ir a vivir conmigo y todo iba bien. Yo no quería irme a vivir con Tom porque antes quería que me pidiera en matrimonio, y Tom no había querido ir a vivir conmigo porque no quería vivir conmigo. Así pasaron tres años y medio. Al final tomé la decisión de bajar el listón. Mi teoría era que, una vez hubiera vivido conmigo, no podría vivir sin mí. No sé cuál sería la teoría de Tom, aunque Bonnie, Cordelia y yo pasamos largas horas elucubrando sin datos al respecto, elucubraciones que voy a tener la amabilidad de ahorrarles a ustedes. En el mejor de los casos Tom lo consideraba una concesión importante. Decía que era como si los judíos ofrecieran a los palestinos todo el estado de Israel. Ahora que lo pienso bien, su resistencia a que conviviéramos fue lo que hizo que cuando al final cedió la victoria me pareciera tan dulce.

Al final, el motivo que impulsó a Tom a irse a vivir conmigo no fue que lo deseara, ni para ahorrar dinero de alquiler, ni siquiera para hacerme feliz. Fue que su mejor amigo, Darren, decidió tener un hijo. Darren y Tom habían ido juntos a Dartmouth, los dos habían terminado en Filadelfia tras acabar la carrera de derecho y estaban muy unidos. Eran como un par de amigas, en serio, siempre se juntaban para comer y hablaban horas y horas por teléfono, aunque ahora me imagino que alguna de aquellas comidas con Darren tal vez fueran comidas con Kate –hasta la fecha esto es lo que sigo llevando peor, lo de no saber a ciencia cierta, lo de juntar las piezas–, pero en fin, el caso es que Darren y Tom estaban muy unidos. Darren conoció a su mujer, Wendy, dos semanas después de que nos conociéramos Tom y yo. Seis meses más tarde Darren y Wendy se fueron a vivir juntos, mientras Tom y yo seguíamos saliendo. Luego se casaron, y Tom y yo seguíamos saliendo. Y entonces Darren y Wendy se decidieron a tener un bebé. Empezaron a tener relaciones sexuales el décimo día, el duodécimo día, el decimocuarto día y el decimosexto día. Si daba la casualidad de que salíamos a cenar juntos uno de los días en que tocaba sexo teníamos que quedar tarde, porque a Wendy no le gustaba hacer el amor con el estómago lleno. Me imagino que, si hubiera buscado indicios de problemas, podría haber empezado por ahí, pero no buscaba indicios de problemas. Todo lo contrario, recuerdo que pensé que aquello le iría bien a Tom, que era estupendo que viera cómo Darren pasaba con tanta facilidad de una etapa de la vida a otra, que tal vez así comprendería que podía relajarse y dejarse llevar por el curso de la vida. Además, parecía que surtía efecto, porque a los pocos meses de que Darren y Wendy empezaran a buscar el bebé, Tom me dijo que por qué no probábamos a vivir juntos –lo dijo con esas palabras, lo recuerdo con toda claridad, el verbo «probar» pendía como una amenaza–, y yo le dije que sí.

Tom y yo encontramos un apartamentito encantador en la parte de la calle Delancey donde se pueden encontrar apartamentos y nos mudamos. Darren y Wendy nos llevaron vino tinto y comida china la primera noche y los cuatro comimos directamente de los envases, sentados en el suelo de la sala de estar, mientras discutíamos sobre dónde debía ir el sofá. El río de la vida seguía su curso. Tres meses más tarde Darren llegó a casa temprano del trabajo, entró en el baño y se encontró a Wendy sentada en el retrete, con una prueba de embarazo en la mano. Era azul. Al ver a Darren, Wendy se echó a llorar. Darren se echó a llorar también. Él creía que estaban compartiendo un hermoso momento, pero no era así.

Aquella noche Darren llamó a nuestra puerta y nos contó las novedades. Wendy estaba embarazada por fin, pero quería abortar. Tom y yo nos quedamos boquiabiertos. ¡Llevaban ocho meses intentando quedarse embarazados! Ocho meses de relaciones sexuales maquinales antes de la cena en busca del bebé, y de repente Wendy decidía que quería abortar. Darren entró, se sentó en nuestra cocina y los tres nos pusimos a beber. No paraba de decir que Wendy quería asesinar a su bebé. Que también era su hijo, que qué derecho tenía ella, y yo allí mirando, asintiendo, sacando botellas de cerveza Rolling Rock de la nevera una tras otra, sin decir algo que poco a poco me iba resultando tan evidente que me parecía increíble que nadie más se diera cuenta.

–Es obvio que el bebé no es de Darren –le dije a Tom más tarde, mientras nos disponíamos a acostarnos.

–¿Qué dices? –se sorprendió.

–¿Te acuerdas de aquel viaje de negocios que Wendy hizo a Acapulco?

–¿Y qué?

–Fue hace seis semanas –dije–. Me acuerdo perfectamente porque fue el fin de semana de tu cumpleaños.

–¿Y qué?

–Perdió el avión de vuelta y tuvo que quedarse más tiempo. –Miré a Tom a ver si lo cogía; no lo cogía–. ¿Recuerdas cuánto tiempo más? –Tom sacudió la cabeza–. Dos días más.

Hice un gesto con las manos, las palmas abiertas y hacia arriba, el gesto típico que se hace para indicar que una conclusión es evidente.

–Wendy perdió un avión hace seis semanas y significa esto –dijo Tom al tiempo que imitaba mi gesto.

–Ese bebé iba a llegar hablando con acento mexicano –señalé.

–Tú estás mal de la cabeza.

–Un auténtico manito.

Busqué en mi memoria más expresiones mexicanas, pero antes de que se me ocurriera ninguna vi la expresión de Tom en el espejo del baño y cerré la boca. Hay veces en que alguien tiene que tirarme de las riendas. Como aquélla.

Ojalá pudiera decir que tenía razón en lo relativo al bebé, pero nunca llegué a saberlo; Wendy no me contó nada. En cambio sí me enteré de algunos detalles horripilantes de su matrimonio que me sorprendieron mucho, porque siempre me habían parecido felices. Pero claro, la única manera de saber lo que pasa en un matrimonio ajeno es hablar con los dos miembros de la pareja mientras se hace pedazos. Hay un lapso de tiempo –una semana, a veces dos– en que la gente te lo cuenta todo. De hecho, creo que la única razón por la que se dice que el sexo en el matrimonio es tan deplorable es que los amigos casados sólo hablan de sus relaciones sexuales cuando el matrimonio se está desmoronando, y claro, no dicen nada bueno.

–No debería costar tanto que alguien tuviera un orgasmo –nos dijo Darren a Tom y a mí dos días después de que Wendy por fin lo abandonara. Estaba en nuestro apartamento, emborrachándose a conciencia–. Era como intentar fabricar una bomba nuclear. Yo ahí abajo, intentando empalmar el cable amarillo con el cable rojo, toqueteando el detonador y tratando de recordar cómo había hecho la última vez para que estallara, y eso para tener éxito más o menos el cuarenta por ciento de las veces.

–Habíamos llegado a un punto en el que prefería leer un libro –me comentó Wendy durante la comida aquella misma semana–. Y no tenía que ser necesariamente un buen libro.

–Y a mí ni siquiera me gustan las tetas grandes –dijo Darren.

–Intento convencerme a mí misma de que el sexo no lo es todo –dijo Wendy.

–La echo de menos –dijo Darren, borracho–. La quiero.

–Creo que nunca le he querido –dijo Wendy al tiempo que apuñalaba la ensalada con el tenedor.

–¿Cómo que nunca le has querido? –respondí–. Te casaste con él. Tenías que quererle.

–Ahora que me ha dado por pensarlo, me parece que no.

–Lo que pasa es que ya no le quieres –señalé–. Seguro que entonces le querías, pero luego dejaste de quererle.

–No –replicó Wendy–. La noche anterior a la boda recuerdo que pensé que no le quería.

–¿De verdad?

Wendy asintió.

–Pero ya era demasiado tarde. Al día siguiente nos casamos y entonces sí que fue demasiado tarde de verdad. Y un buen día mi secretaria entró en mi despacho y me dijo que se iba a divorciar, así de fácil, estaba casada y en un abrir y cerrar de ojos era libre, y cuando la vi sollozar sin control mientras me pedía unos días libres para asuntos personales fue como si las nubes se despejaran y todo se aclarase.

Aquella noche al volver a casa le conté a Tom mi almuerzo con Wendy. Estaba sentado a la mesa de la cocina y hojeaba el *Scientific American* mientras yo preparaba pollo al limón y le exponía mis teorías. Tal vez el embarazo de Wendy le había despertado recuerdos de su madre, que la abandonó de niña, dije, y en vez de enfrentarse a sus sentimientos había decidido abortar, y en vez de enfrentarse a ello había decidido dejar a Darren.

–No lo entiendo –dijo Tom–. ¿Sigues pensando que el bebé no era de Darren?

–Ya no estoy tan segura –dije–. Pero la verdad es que no importa de quién fuera. Aunque Darren fuera el padre, estoy casi segura de que hay otro hombre.

–Tú siempre crees que hay otro hombre –señaló Tom.

–Ya lo sé. Pero no lo digo por eso.

–Entonces, ¿por qué lo dices?

–Porque Wendy está demasiado feliz como para que no haya otro hombre.

–A lo mejor es como sacarse una muela –dijo Tom–. A lo mejor por eso está tan feliz.

Lo medité un instante.

–Tal vez no esté teniendo una aventura. Puede ser que sea sólo la idea de otro hombre.

–Eso nos pasa a todos.

–No es verdad.

–Sí es verdad –dijo Tom.

–A mí no me pasa –repliqué–. ¿Por qué? ¿Acaso tú tienes en mente a otra mujer?

Tom se limitó a mirarme.

–No tiene importancia –dije–. Sólo que me gustaría saberlo.

–¿No crees que es poco realista pensar que tú, Alison Hopkins, incorporas todas las cualidades de todas las mujeres del mundo de manera tan absoluta que a mí ni siquiera se me puede pasar por la cabeza la idea de pensar en otra?

Me quedé en silencio.

–El problema no es tener la idea –siguió Tom–. El problema es llevarla a cabo.

–Dime una cosa –empecé al tiempo que golpeaba el pollo con el mazo de la carne–, ¿estamos hablando de Kate Pearce?

Tom dejó escapar un sonoro suspiro.

–Sólo tienes que decir sí o no.

–Alison.

–Porque si ella es la idea, tenemos un problema.

–No tenemos ningún problema –dijo Tom.

–Mejor.

Al recordar momentos como aquél casi me sentía orgullosa. Al menos no había sido del todo idiota. Al menos no me había engañado por completo. Por supuesto, después de que Tom me dejara, Larry, el marido de Bonnie, me preguntó si no lo había visto venir. Le dije que no, pero era mentira. Todo el apartamento estaba lleno de pistas. Poco a poco las fui encontrando, y cada una hacía que me pusiera más furiosa que la anterior, furiosa por no habérmelo olido antes de que Tom se marchara, así lo habría podido recibir un día en la puerta con un montón de recibos delatores de la tarjeta de crédito para pedirle una explicación. No me entiendan mal, habría sido espantoso, pero al menos me habría sentido perspicaz. No es que sentirme perspicaz me hubiera compensado de su engaño y traición, pero era mejor que nada.

Es una de las cosas que tiene la infidelidad, que te hace sentir como una imbécil. Cuando Nina Peeble y yo salíamos a comer siempre me decía lo mismo: «Tendrías que haberte dado cuenta. Al menos una parte de ti tendría que haberse dado cuenta». Y puedo decir con toda sinceridad que no. No me di cuenta. No es que mirase para otro lado, es que no lo vi venir. Estás inmersa en el día a día de la relación, hablas del trabajo y de la vida con tu pareja mientras te cepillas los dientes a su lado, y ni por lo más remoto se te pasa por la cabeza que esa persona que está inmersa en el mismo día a día que tú lleve una vida privada de la que no tienes noticia. Hasta te parece imposible. ¿No es como para volverse loco? ¿No es como para perder la cabeza? Incluso ahora, que ya sé lo que sé, me sigue resultando casi increíble. La verdad es que a veces me entran ganas de haber sido yo la que engañara a mi pareja alguna vez, así entendería lo que piensan, pero lo cierto es que no me lo puedo ni imaginar, no sé cómo se puede vivir con esa culpa. Aunque he de reconocer que para mí lo peor sería guardar el secreto. No se me dan bien los secretos. Hace seis años, iba yo caminando por la calle South cuando se me acercó un anciano menudo que llevaba un turbante en la cabeza. Me dijo cuánto iba a vivir (hasta los noventa y cinco), que moriría mientras dormía de un ataque al corazón, que no debía cortarme el pelo ni las uñas los martes, que de hecho los martes siempre me darían mala suerte, que pronto tendría una gran racha de buena suerte, y mientras me decía todo esto, escribiendo algunas cosas en pequeños papeles amarillos que doblaba y depositaba en mi mano, se me quedó con ochenta dólares (en billetes de veinte) y me dio una cuentecilla color naranja.

–Al hablar regalas tu buena suerte –me dijo al terminar–. No regales tu buena suerte. No cuentes a nadie lo que te ha pasado hoy.

Me sentí como si fuera a estallar. ¿Que no se lo contara a nadie? En mi vida he hecho nada sin contarlo luego a alguien. Pero sin saber por qué, en este caso no lo hice, y durante seis años no he hablado del menudo estafador indio aunque el secreto me quemaba por dentro, me quemaba tanto que no hay más que verlo, ya lo he contado.

Pero incluso quitando lo del secreto, lo cierto es que no me imagino engañando a mi pareja. ¿Creo en mi interior que eso hace de mí una buena persona? Pues mucho me temo que sí. ¿Floto a veces en las aguas cálidas de mi superioridad moral? Pues claro. Pero también se puede mirar desde otro punto de vista. Tal vez el único motivo de que no sea una mala persona es que me da miedo. Si el miedo es lo que hace que te portes bien, si el miedo es lo que hace que no te metas en líos, no cuenta, ¿verdad? No eres más que una persona temerosa, tímida, con una vida insignificante y segura, y decir que para vivir así hace falta valor moral es... es una bobada.

16

Supongo que no está de más señalar que, aunque el asunto entre Tom y Kate me había disgustado lo indecible, en todo momento estuve dispuesta a volver con él. Es muy raro que en ningún momento me cupiera la menor duda de que lo haría, porque siempre había creído que era de esas mujeres que no perdonan. De hecho, en más de una ocasión le había hablado a Tom de mi postura. Le decía que había mujeres capaces de perdonar el engaño, mujeres que se conformaban con darle una bofetada al infiel y luego empezar de nuevo, pero que yo no era de ésas. Y la verdad es que lo creía. Sin lugar a dudas. De hecho, era casi como si hubiera construido buena parte de mi personalidad en torno a la idea de que yo era de esas mujeres que no toleran este tipo de cosas, pero cuando me vi enfrentada a la realidad las toleré. Tenía que volver a evaluarme de arriba abajo.

Tampoco quiero decir que se lo fuera a poner fácil. Todo lo contrario. Así que, después de la escenita del portal, eché a Tom. Entré en casa y llamé a Cordelia y a Bonnie, y las tres nos reunimos para comer.

–Le he dicho que necesitaba tiempo para pensármelo –les dije cuando nos sentamos.

–Y es verdad –señaló Cordelia.

–También le he dicho que me había acostado con otro.

–¿De verdad? –dijo Bonnie.

–Sí.

–¿Y qué ha dicho?

–En realidad, nada –respondí–. Sólo me ha pedido volver a vivir conmigo.

–Si cree que va a volver a vivir contigo es que está mal de la cabeza –dijo Bonnie.

–Ya lo sé. Eso mismo le he dicho yo.

–Bien.

–Luego me preguntó si podía hacer algo, lo que fuera, y yo le respondí que podía intentar recuperarme.

Bonnie se alisó el jersey amarillo sobre el enorme vientre de embarazada y asintió con gesto aprobador.

–¿Eso es lo que quieres? –dijo Cordelia.

–No sé lo que quiero.

Cordelia se me quedó mirando.

–Creo que lo que yo quiera no importa –añadí.

–Claro que importa.

–Lo que quiero es que nada de todo esto hubiera sucedido –dije.

–Vale –dijo Cordelia–, ¿qué parte de lo que quieres se puede conseguir sin alterar las leyes del espacio-tiempo?

–No lo sé. –Medité un instante–. Es como cuando se te rompe algo, por mucho que intentes arreglarlo nunca quedará tan bien como antes.

–Va a quedar mejor que antes –dijo Bonnie–. Te estaba engañando.

–Puede que sea mejor que antes –señalé–, pero no mejor que lo que yo creía que era antes.

Ésa era una de las cosas que más me irritaban. Empezaba a reconciliarme con el hecho de que había estado viviendo en un sueño, de que lo que había pensado que había entre Tom y yo y lo que había de verdad eran dos cosas diferentes a más no poder, pero lo que no aceptaba es que esta reconciliación con la realidad fuera positiva. Me gustaba el sueño. Me gustaba la fantasía. Incluso en las mejores circunstancias la realidad no me agrada, y aquellas circunstancias no eran ni remotamente las mejores.

–Al menos te has acostado con otro mientras tanto –dijo Cordelia.

–¿No lo lamentas un poco ahora? –preguntó Bonnie.

–¿Por qué lo voy a lamentar?

–Porque, si al final vuelves con Tom, te vas a pasar el resto de la vida con una película en la cabeza, y el actor principal será el otro tipo.

–Oye, que a mí me gusta esa película –dije–. Si la pusieran en el cine iría a verla.

Cordelia se levantó para ir al baño. Se alejó unos pasos de la mesa, pero se dio media vuelta y volvió. Me miró desde arriba.

–No confundas el regreso de Tom con una victoria –me dijo.

–¿Qué quieres decir?

–Yo cometí ese error con Jonathan –dijo Cordelia–. Volvía conmigo con el rabo entre las piernas y yo tenía la sensación de que había ganado, como si hubiera derrotado a la otra en una especie de competición, cuando en realidad lo que había pasado era que había conseguido volver a juntarme con un imbécil.

Se fue al baño. Bonnie extendió un brazo por encima de la barriga y me apretó la mano.

–Todo irá bien –me dijo–. Lo sabes, ¿verdad?

Me encogí de hombros.

–Prométeme una cosa –siguió.

–¿El qué?

–Prométeme que te lo vas a tomar con calma.

–Claro –dije–. Con calma. Es evidente.

Tom fue a casa aquella noche para recoger los palos porque iba a jugar al golf a la mañana siguiente; ocho minutos más tarde estábamos en la cama. Sé que fueron ocho minutos exactos por los relojes digitales de los descodificadores de la tele por cable, que están sincronizados. Cuando sonó el timbre de la puerta, el descodificador de la sala de estar marcaba las 9.13, y luego, cuando estaba de rodillas sobre el edredón quitándome el jersey de cuello alto, miré por casualidad el descodificador de encima de la cómoda y según los números luminosos eran las 9.21.

Así que nos acostamos. Durante aquella primera vez después del regreso de Tom me fijé en muchas cosas, pero la principal fue en si lo estábamos haciendo o no igual que antes, y en caso contrario, qué había cambiado. Ya sé que suena fatal, pero no lo pude evitar. Yo creo que la culpa la tuvo Matt, o más concretamente una historia que suele contar Matt y que va de esto. La historia es la siguiente: cuando Matt estaba en el primer año de universidad, su novia Daisy fue de vacaciones de Pascua a Puerto Rico con unas amigas. Hay que señalar que Matt y Daisy habían empezado siendo una de esas parejas de jovencitos que alcanzan un nivel de intensidad y exclusividad casi matrimonial antes de las tres semanas de curso y luego siguen así, preparando juntos la comida e intercambiándose los vaqueros. Bueno, estamos en que Daisy regresa tras pasar una semana en Puerto Rico. Se mete en la cama con Matt. A mitad del acto, le da la vuelta para que se tumbe sobre el estómago y –lo siento, no hay manera educada de describirlo, así que optaré por la precisión clínica– empieza a estimularle el ano con la lengua. Según cuenta Matt, en lo más hondo de su cerebro sonó un timbre de alarma..., al que optó por no hacer caso. No le preguntó a Daisy cómo se le había ocurrido un truquito tan atrevido. No la detuvo al momento y la cosió a preguntas sobre lo que había pasado en Puerto Rico. Se quedó así tumbado, de verdad. (Se estarán preguntado cómo sé todo esto. Es que los hombres pueden llegar a ser muy indiscretos si los presionas, y yo siempre los presiono.)

Después de terminar, Tom dijo lo típico que se dice en estos casos y se quedó dormido. Yo permanecí despierta, mirando el techo. No había habido trucos nuevos. Bueno, recuerdo que pensé. Entonces, ya está. Puede que Kate Pearce haya sido La Mujer Con La Que Tom Tenía Que Acostarse Para Darse Cuenta De Lo Mucho Que Me Ama A Mí. Al parecer me voy a quedar en tres. Y luego otra cosa: me pregunté si podría casarme con un hombre que me había engañado. Me pregunté si sería buena idea. Llegué a la conclusión de que seguramente no. Me pregunté si el hecho de que no fuera buena idea bastaría para detenerme. Seguramente no.

Se han dicho muchas cosas sobre el tema de las mujeres de treinta y tantos que se quieren casar, y no creo que yo pudiera añadir nada nuevo. De todos modos, me considero una experta en el tema, aunque sólo sea porque la ansiedad que la mayoría de las mujeres no comprometidas empieza a sentir en torno a los veintinueve años a mí me sobrevino a los trece. Y no paró de crecer. La posibilidad de no casarme nunca ha sido mi peor temor desde hace tanto tiempo que no creo que se me pueda culpar por mi comportamiento.

La subcultura evangélica obsequia a las mujeres solteras con una compasión y un desdén que la cultura dominante no puede soñar con igualar, ni siquiera con la ayuda de los periódicos reportajes en la revista *Time* acerca del creciente índice de infertilidad, de la estadística de las seis mujeres solteras por cada soltero varón o de las chorradas misóginas acerca de solteronas cuarentonas en los accidentes de aviación. Porque, cuando una mujer evangélica no consigue pescar marido, se considera una tragedia sin paliativos. Si la soltera es normal la tragedia parece tener paliativos, al menos para los que observan desde fuera, porque se pasa la vida conociendo hombres, haciendo viajes de placer, dándose besos en pasillos oscuros durante las fiestas, despertando con desconocidos prometedores o comiendo pizza en la cama con ex novios tras relaciones sexuales que siempre empiezan con la frase «Creo que no deberíamos hacerlo». Puede que a veces lleven una vida triste, solitaria y aterradora, pero al menos es interesante. A la buena chica cristiana no le pasa lo mismo. Acaba siendo una esclava obediente del patriarcado, con bizcochos en la despensa y flores secas en la repisa de la chimenea, siempre alegre, siempre optimista, siempre bien arreglada y bien hablada y bien educada. Todo esto mientras alberga la esperanza de conocer a un hombre que crea en lo que debe creer y de la manera que se debe creer, y que además sea inteligente, amable, divertido y guapo. O sea, ya es bastante difícil dar con alguien con quien quieras compartir el resto de la vida, pero si te ves más o menos obligada a elegir entre los seis solteros chiflados que pasean junto a la iglesia el domingo por la mañana –uno de los cuales se parece intencionadamente a Jesús–, la cosa ya es desesperada. Y de verdad se lo digo, no fue casualidad que me decidiera a tener relaciones sexuales a los veinticinco años, porque una parte de mí decidió que, si Dios me iba a obligar a ser un bicho raro, al menos habría probado el sexo.

Siempre pienso que ya he dicho todo lo que tenía que decir sobre el tema, que lo he diseccionado completamente, pero parece que no. También me doy cuenta de que una vez más me he aproximado peligrosamente a la estridencia –cualidad que, según me han dicho, resulta en mí de lo menos atractivo–, pero eso tampoco lo puedo evitar. En fin. El caso es que, unos meses antes de que pasara todo esto, me encontré con una vieja amiga de la familia que tiene una hija de mi edad. La hija de esta mujer y yo íbamos juntas a la iglesia, cantábamos juntas en el coro y fuimos juntas de campamentos, y aunque llevo años sin hablar con ella la sigo considerando mi amiga. Bueno, pues su madre me contó, como quien no quiere la cosa, mientras estábamos en una esquina esperando a que cambiara el semáforo, que su hija decía siempre que esperaba que el segundo advenimiento no llegara antes de que consiguiera casarse, porque no quería perderse la oportunidad de tener relaciones sexuales. Y luego se echó a reír. Esto plantea todo tipo de cuestiones –una de las cuales, y no la menos importante, es por qué aquella mujer consideró imprescindible comunicarme que su hija de treinta y dos años seguía siendo virgen–, pero si lo saco a colación es porque durante toda mi adolescencia yo pensé exactamente lo mismo. Tenía que casarme lo antes posible, por la sencilla razón de que no quería que Jesús regresara antes de haber probado el sexo, y no me estaba permitido probar el sexo antes de casarme, así que era imprescindible que me casara antes del regreso de Jesús, que como todo el mundo sabía podía tener lugar en cualquier momento. «Como un ladrón en la noche.» Es una descripción perfecta de ciertas sospechas que tenía yo acerca del sexo –por ejemplo, que era una cosa importantísima y que no me la debía perder por nada del mundo–, así como mi fe absoluta en el hecho de que muy pronto Jesucristo descendería de los cielos en toda su gloria, con la espada en la mano, para declarar inaugurado el Armagedón. (Los detalles de lo que sucede a continuación varían en función de las creencias de cada uno, pero parece que todo el mundo está de acuerdo en que no habrá nada de sexo.)

En verdad, es un milagro que sea capaz de nada ni remotamente normal después de todo aquello. Cuando uno empieza donde empecé yo, esperando el regreso de Jesús que anunciaría el final de todos los tiempos, y termina donde estaba en aquel momento (tumbada en la cama tras hacer el amor con un novio con el que vives y que se ha pasado cinco meses follando con otra a tus espaldas), se encuentra en una situación difícil, y es la de no poder confiar en los propios instintos. No, retiro lo dicho, no es que no se pueda confiar en ellos, es que ni siquiera los encuentras. No tienes ni idea de dónde están. Aún hoy en día sigo sin saber qué habría hecho en mis circunstancias una mujer de instintos saludables. Siempre me han fascinado esas mujeres que parece que notan en los huesos las cosas, las mujeres que poseen esa visión terrenal, femenina, que huye de la lógica y el pensamiento racional. Si alguna vez tuve instintos me los extirparon de raíz, y sólo me queda un sistema en el que todo parecía haber enloquecido.

17

A la mañana siguiente me desperté sobresaltada. Había tenido una pesadilla. Miré a un lado y vi a Tom que dormía junto a mí, y fue tal la conmoción que casi se me olvidó el sueño por completo. Pero me quedé allí tendida un rato y poco a poco lo fui recordando.

Cuando Tom se despertó le conté el sueño. Luego empecé a interpretarlo –siguiendo los principios jungianos que había aprendido de Janis Finkle–, pero Tom me interrumpió antes de que me pusiera en serio.

–Eres todas las personas del sueño –dijo.

–Parte de mí, sí –asentí.

–Eres un joven negro. Y una anciana, y un bebé que en realidad no es más que una cabeza enorme.

–Y soy el bote y soy el agua –dije–. Y cuando sea capaz de aceptar que también soy el tiburón habré alcanzado la perfecta salud mental.

Tom se me quedó mirando.

–¿Qué pasa? –pregunté.

–No sé –dijo.

Se dio la vuelta en la cama, se levantó y se dirigió al baño.

–Venga, ¿qué pasa? –insistí.

–No sé, tal vez una persona no debería ser su propio pasatiempo –me gritó Tom desde el baño.

–¿Qué quieres decir con eso? –le grité a mi vez.

Tom no respondió. Me bajé de la cama y fui al baño. Me apoyé contra la jamba de la puerta y lo miré cepillarse los dientes.

–Soy mi propio pasatiempo –dije al final.

Tom inclinó la cabeza y me miró en el espejo.

–No leo libros de autoayuda –me apresuré a señalar.

–Ya no –dijo Tom. Escupió–. Ya no lees libros de autoayuda. Pero lo tienes todo ahí dentro.

Me dio unos golpecitos en la sien con el dedo.

–¿No crees que es un poco pronto para empezar a insultarme?

–No era un insulto –dijo Tom–. Era una simple observación.

Arqueé una ceja, pero al final lo dejé pasar.

–Cuéntame uno de tus sueños –le pedí.

–Esto ya lo hemos hecho antes –protestó Tom.

–Anda, uno pequeñito.

–Yo nunca sueño –me dijo.

–Todo el mundo sueña.

–Bueno, pero yo no me acuerdo luego. Y aunque me acordara daría igual, porque me despertaría y me diría a mí mismo que sólo había sido un sueño.

Esto me lleva a hablar de un rasgo de Tom que creo que no he transmitido aún con claridad: el hecho de que es absolutamente no-neurótico. Me fascinan las personas no-neuróticas, pero no por ningún motivo de salud, ni tampoco porque intente parecerme a ellas. Tengo un único objetivo: volverlos tan locos como yo. Creo que pasa muy a menudo. Cuando una persona neurótica se relaciona con otra no-neurótica, es inevitable que la neurótica crea que la normal está reprimiendo su confusión interior, y luego, con toda deliberación, se disponga a obligarlo a liberarla. Yo desde luego lo intenté con Tom. Créanme, vaya si lo intenté. Ahora que lo pienso, es lo único positivo que puedo decir acerca de la aventura de Tom con Kate Pearce. Le daba a Tom una dimensión que yo necesitaba desesperadamente. Le daba un vientre bajo. Hasta entonces había creído que Tom se limitaba a pasar por la vida: iba al trabajo, leía revistas científicas, jugaba al golf y trataba de no casarse conmigo, y de repente resultaba que no era verdad. De repente había muchas cosas nuevas que desmenuzar.

Pero claro, también es perfectamente posible que no esté siendo del todo justa con Tom. Es posible que fuera más profundo y complicado de lo que aparentaba y yo no lo supiera ver, igual que no había sabido ver otras muchas cosas que pasaban en nuestra relación, por lo visto. Uno de los problemas es que no lograba adivinar en qué estaba pensando. Tampoco sabía nunca qué estaba sintiendo, pero lo que más me molesta es lo de pensar, porque me parece básico. Si he de ser sincera conmigo misma, me imagino que lo que pasa es que a Tom siempre lo he visto un poco como borroso. No es que me sorprendiera constantemente, que me enseñara facetas nuevas e inesperadas de su personalidad; es más bien que estaba como en blanco. Ya sé que suena fatal y no es para tanto, pero no se me ocurre otra manera de decirlo. Cuando Tom y yo empezamos a salir, se lo conté todo por teléfono a Meredith, mi hermana. Unos meses más tarde vino a la ciudad por asuntos de trabajo, y los tres salimos a cenar juntos. En un momento dado Tom se fue al baño y yo le pregunté a Meredith que qué le parecía. Ella me dijo que era simpático. Hice un gesto para que siguiera hablando. «No es exactamente como me había imaginado», dijo. La presioné para que se explayara un poco más, y al final me dijo «bueno, es que no se parece en nada a como me lo habías descrito». A ver, mi hermana se pone así a veces, pero de todos modos... ¿no se parecía en nada a mi descripción? ¿Cómo era posible? Hacía años que no me acordaba de aquello, pero en aquel momento me vino a la cabeza.

También había otra cosa en la que no pensaba hacía tiempo, pero ya que estamos creo que se la debería contar. Tiene que ver con Kate Pearce. Supongo que se podría considerar la historia de Kate Pearce en lo relativo a mi relación con Tom. Todo empezó con una fotografía, como sucede tan a menudo con estas cosas.

Pocas semanas después de que Tom y yo empezáramos a salir juntos estaba en su apartamento, mirando su álbum de fotografías. Tom tiene un álbum muy masculino. Se salta por completo largas etapas de su vida y le quedan muchas páginas en blanco. Da la impresión de que va a seguir así, pegando poco a poco fotos al azar cuando sus amigos se las manden por correo, y luego, cuando llene la última página, se morirá.

–¿Quién es ésta? –le pregunté a Tom cuando llegué a la foto.

–Es Kate.

–Qué bonita.

Y era verdad. Tenía unos grandes ojos castaños, el pelo largo también castaño, y un aire de fragilidad infantil que me dio ganas de vomitar.

–¿Cuánto duró lo vuestro?

–Tres años –dijo Tom.

–Fue mucho tiempo.

–Estábamos en la universidad.

–Tres años en la universidad es mucho tiempo –dije–. ¿A qué se dedica ahora?

–No lo sé. Hace diez años que no hablo con ella.

–¿Por qué? –quise saber.

–Terminamos mal.

–¿Cómo de mal?

–La verdad es que ahora mismo no me apetece hablar del tema –dijo.

Seguí mirando las fotos del álbum. Pero aquella noche volví a sacar el tema de Kate, y Tom y yo tuvimos la siguiente conversación:

–Entonces, ¿todavía sientes algo por ella?

–Me parece que sería muy raro que no sintiera nada por ella –dijo Tom.

–¿Todavía la quieres? –pregunté.

–Ni siquiera sé qué significa eso.

Está claro que yo debería haber preguntado de inmediato «¿Cómo que no sabes lo que significa eso?». Al menos tendría que haber aclarado de inmediato qué parte era la que no comprendía. Pero no llevábamos mucho tiempo de relación, cuatro semanas como mucho, y al principio de una relación no se preguntan cosas así. Ni siquiera estoy segura de que se pregunten a mitad de una relación. A lo mejor al final sí, no lo sé, pero la gente como yo lo que hace es archivar la información en algún lugar del cerebro y luego hacer todo lo posible por olvidarse de que está ahí. Casi lo había olvidado por completo, para mí Kate Pearce no era más que un nombre, un nombre que había provocado una reacción distante y melancólica en los ojos de mi nuevo novio hacía mucho tiempo, reacción que yo opté por interpretar como nostalgia de la juventud, de la libertad, de las chicas de la universidad jugando a *lacrosse* en prados de un verde imposible... en fin, del pasado en general y no de ella en particular.

Dos años después. Un sábado. Tom y yo estábamos comprando

provisiones en una tiendecita de la calle Pine. Eran provisiones para su casa, yo sólo le acompañaba. Llegamos a la caja registradora, Tom pasó la tarjeta de crédito por el lector y tecleó su número secreto. Era 5-2-8-3.

–¿El número lo has elegido tú o es el que te dio el banco? –pregunté con inocencia absoluta, charla trivial en la cola del súper.

–Lo he elegido yo –dijo Tom.

Y se le puso una expresión rara en el rostro. Eso fue todo, una expresión rara, pero al momento lo supe. Lo supe sin lugar a dudas.

–Dios mío –dije.

Tom cogió las bolsas y salió de la tienda. Yo salí tras él.

–No me lo puedo creer –dije.

–Alison –respondió–, por favor, no montes una escena.

–No estoy montando ninguna escena.

–Tengo ese número desde la universidad. No significa nada.

–Es Kate –dije–. Ese número es Kate.

–Para mí ya no es más que un número.

–No se trata de eso –dije.

–Entonces ¿de qué se trata?

Yo sabía muy bien de qué se trataba. Lo sabía perfectamente. Se trataba de que Tom tecleaba el nombre de Kate cada vez que iba al cajero automático, lo que representaba cierto nivel de devoción, cierta calidad de amor del que yo llevaba dos años creyéndole incapaz de sentir, y resultaba que era muy capaz de sentirlo, sólo que no por mí. De eso se trataba. Pero no se lo iba a decir a Tom. Ni hablar. Porque no quería que se diera cuenta de que se trataba de eso. Tom me quería. Siempre me había querido. Me quería, pero tenía sus cosas. Tenía su equipaje. Bueno, todos tenemos nuestras cosas, ¿no? Todos tenemos un equipaje. Y no hay que olvidar que, en el momento en que tuvo lugar este inquietante episodio, Kate Pearce era un problema relativamente abstracto. Tom llevaba nada menos que diez años sin hablar con ella. Y yo hacía tiempo que había renunciado al sueño de ser la primera, la última y la única para ningún hombre. Hay que renunciar a ese sueño a menos que te cases con tu noviete del instituto, y no hay en el mundo nada más aburrido que una mujer casada con su noviete del instituto.

–No sé de qué se trata –le dije a Tom. Me eché a llorar–. Sólo sé que me pone triste.

Tom cambió el número secreto por el de mi fecha de nacimiento y nuestra relación siguió su curso.

Quizá se estén preguntando si lo que hubo entre Tom y Kate Pearce fue amor verdadero. Semejante posibilidad se me ha pasado por la cabeza más de una vez. O sea, habían pasado diez años desde la ruptura y él seguía tecleando su número en el cajero automático cada vez que necesitaba efectivo. Yo diría que es el equivalente moderno a tallar las iniciales del otro en la corteza de los robles. Quiero pensar que no soy de esas personas que se interpondrían en el camino del amor verdadero, incluso si eso significara que la persona con la que tengo una relación acabara sintiendo un amor verdadero por otra. Tom y yo sólo habíamos mantenido una conversación digna de tal nombre acerca de Kate después de su regreso, tan sólo una conversación con chicha, y versaba precisamente sobre este tema. Una noche de aquella primera semana lo senté en el sofá y le dije que se lo tenía que pensar bien. Porque a lo mejor lo lamentaba. A lo mejor la quieres, a lo mejor la necesitas, a lo mejor ella es la mujer de tu vida. Tom me aseguró que no. Que aquello no había sido por amor. Que aquello no había sido por Kate. Que, bien pensado, ni siquiera había sido por lo del sexo. Se preguntarán que entonces por qué fue. Pues no me lo llegó a decir. Recuerdo que me cogió una mano, me la besó muchas veces. Me dijo que me quería. Yo también le dije que le quería. Nos quedamos sentados allí, en silencio, durante un instante.

–Entonces, ¿hemos acabado con este tema? –preguntó Tom.

–Claro –dije–. Claro.

Me soltó la mano y encendió el televisor.

18

El fin de semana siguiente, el sábado, fui a la oficina para recoger las cosas de mi escritorio. No quería encontrarme con nadie y al principio pareció que lo había conseguido, pero no fue así. Porque llegó Henry. Llegó y, sin mediar palabra, se dejó caer en el destartalado sofá que Matt había encontrado abandonado en la acera a pocas manzanas de la oficina.

–Ese sofá tenía pulgas –dije por fin.

–Yo también –respondió Henry.

Metí la mano hasta el fondo en el cajón superior y saqué una vieja libreta de cheques del Mellon Bank. Empecé a arrancar los cheques para tirarlos a la papelera.

–¿Cuándo? –pregunté.

–¿Cuándo qué?

–¿Cuándo tuviste pulgas?

–La verdad es que nunca he tenido pulgas –dijo Henry–. Lo decía por hablar de algo. –Se tendió en el sofá–. En la universidad conocí a un tipo que se llamaba Judd y que tenía un sofá con ladillas.

No dije nada.

–Y una vez le encontré una garrapata a mi tío –dijo.

Hice pedazos el último cheque. Luego me quedé mirando a Henry.

–¿Todo esto no te parece un poco raro? –pregunté.

–Lo cierto es que no.

–Pues debería –dije–. Tendría que parecerte raro.

–Tú sí que eres un poco rara –me dijo Henry con una sonrisa.

–Si hay alguien normal en esta habitación soy yo, Henry –dije–. Y no suele tocarme el papel de normal.

Saqué el cajón inferior del escritorio y lo volqué en la papelera. Un par de clips viejos cayeron al linóleo y me agaché para recogerlos.

–¿Siempre analizas las cosas cuando estás en medio de ellas? –preguntó Henry.

–Ya no estamos en medio de nada, Henry –señalé–. Y sí, la respuesta es sí.

–Siento lo de tu trabajo –me dijo.

–No me refería a eso.

–Es lo de Reading Terminal.

–Sí –respondí.

–Ya.

–Lo que más me gustó fue cuando me apretaste el hombro –dije.

–¿Te lo apreté?

Asentí.

–Nunca habían roto conmigo con un apretón de hombro.

–No rompí contigo –dijo Henry–. Te dije que no podía contigo. Que es muy diferente.

–¿De verdad?

–De verdad –dijo–. Y aunque te parezca un tecnicismo, no teníamos nada oficial que romper.

–¿De modo que lo que hiciste fue decirme que no me quedase esperando los próximos treinta años, con la esperanza de que te volvieras a presentar en mi casa para acostarte conmigo?

–Dando un salto cada vez que sonara el teléfono.

–Siempre con las piernas bien depiladas.

–Sí –dijo Henry. Me sonrió–. No quería hacerte pasar por eso.

–Muy amable por tu parte –dije.

–No hay de qué.

–Y retiro todo lo que te dije.

–No dijiste nada –señaló Henry.

–Retiro todo lo que te dije mentalmente. Durante el tiempo que me pasé odiándote.

Me dirigí hacia la estantería y empecé a repasar los libros. Sentía los ojos de Henry clavados en mí.

–Cuando estaba en sexto curso iba todos los sábados por la tarde a la pista de patinaje –dije–. Un buen día me fijé en un chico muy guapo que no dejaba de mirarme. Me adelantaba patinando, me miraba, luego me volvía a adelantar y me miraba un rato más, y yo cada vez estaba más emocionada. Por fin patinó hasta ponerse a mi altura, y me dijo... –Hice una pausa, como siempre que llego a este punto al contar la anécdota–: «¿Eres chico o chica?».

Henry se echó a reír.

–Es mentira, seguro.

–Es verdad. Y luego, cuando mi madre fue a recogerme, me eché a llorar y se lo conté todo, ¿y sabes lo que me dijo?

Negó con la cabeza.

–Me dijo: «Eso es porque llevas unos patines negros». No teníamos mucho dinero y mis patines eran de segunda mano, habían sido de mi primo, así que eran negros.

–Qué buena madre –dijo Henry.

–Sí.

–Y qué buena anécdota.

–Ya lo sé –dije–. Pero si te la cuento es por un motivo, y es el siguiente: por la presente y de manera oficial, te incluyo en esa categoría.

–¿Qué categoría?

–La del chico que me adelantaba patinando.

Metí unos cuantos libros en la caja y le dije a Henry que me marchaba. Se levantó del sofá, cogió la caja con mis cosas y la llevó hacia el pasillo.

–¿Sabes lo que te va a pasar, Henry? –dije.

–¿Qué?

Alcé la vista para mirarlo.

–Acabarás con una mujer que pueda con estas cosas.

Arranqué una vieja foto publicitaria de Woody Allen de la pared y apagué la luz. Al bajar las escaleras le cogí la caja a Henry y le di las gracias por llevármela. Nos quedamos parados delante del portal. La enseña del *Philadelphia Times* ondeaba perezosa con la brisa. La mirada de Henry se cruzó con la mía, y con toda intención no apartó los ojos. Nunca he sabido cómo responder a esa maniobra, lo de la mirada cargada de sentido, y en aquella ocasión tampoco supe. Empecé a sonreír, luego Henry sonrió a su vez y al final solté la carcajada. No lo pude evitar. Bajé la vista hacia la acera.

–Quiero hacerte una última pregunta –dije.

–¿Va a ser la última pregunta?

–Bueno, yo me voy a mi casa, tú te vas a la tuya y ya no trabajo para ti, así que sí, es la última pregunta. Me gustaría que fueras completamente sincero, aunque creas que vas a herir mis sentimientos.

–Dispara.

Intenté buscar el mejor planteamiento posible.

–¿Qué clase de relaciones sexuales dirías tú que teníamos, cuando las teníamos?

–¿Qué quieres decir? –preguntó Henry.

–O sea, ¿eran buenas, malas o normales? ¿De qué clase eran?

Henry alzó la vista hacia el cielo, como si buscara la respuesta correcta en las nubes.

–Sobresalientes –dijo.

–Eso mismo me parecía a mí –respondí.

Paré un taxi y volví a mi casa.

Me senté en el taxi y puse al lado en el asiento la caja con mis cosas. Me sentía bien. Henry había resultado ser un divertimento agradable. Como un dulce delicioso que te comes en un lugar desconocido al que sabes que no vas a volver nunca. Algunas personas entran en tu vida y no te puedes aferrar a ellas; te limitas a coger lo que puedan ofrecerte y les das algo a cambio. Pensé que tal vez aquello fuera madurar, no aferrarse tanto a las cosas. Ni siquiera a mi empleo. Ya sentía cómo lo estaba dejando ir, cosa muy positiva, dado que no lo tenía. Encontraría otro empleo. Y ahora que Tom estaba en casa todo volvía a estar en su sitio. Miré por la ventanilla. Esbocé una sonrisa un tanto vanidosa. Sobresalientes.

Miré la caja que tenía al lado. Mi calendario de escritorio había quedado encima, las hojas aleteaban con el viento que entraba por la ventanilla abierta del conductor. ¿Cuánto tiempo había pasado desde la noche de la cena? No lo recordaba. Cogí el calendario y pasé las páginas. Poco más de tres semanas. Me quedé muy sorprendida. Tenía la sensación de que habían pasado dos años. Seguí pasando páginas al tiempo que recordaba los acontecimientos de los últimos días. Me pasó por la cabeza un momento pornográfico con Henry. Me sonrojé y cerré los ojos.

Los abrí de golpe. Parpadeé varias veces. Agarré el calendario y empecé a pasar las páginas hacia atrás. Hasta el día de la fiesta. Más atrás. Por fin la vi, en la esquina inferior derecha de una de las páginas.

Una pequeña x.

Miré la fecha de la página de la x. Conté las semanas con los dedos. Cinco dedos. ¡Cinco semanas!

Me asaltó una oleada de náuseas, de pronto me sentí fría, aterrada, espantada. Me agarré al reposabrazos para controlarme. «Respira hondo –me ordené–. No tiene por qué significar nada. Puede que no sea nada.» Traté de tranquilizarme con un diálogo interno racional, pero en lo más profundo de mí había otra voz, por cierto bastante autoritaria, que me decía claro como el agua que estaba embarazada.

–Eh, señora –dijo el taxista.

Alcé la vista. El taxi se había detenido ante mi edificio. Sabía que Tom estaba en casa, viendo un torneo de golf por la tele. Completamente inconsciente. Como si no estuviera pasando algo monumental dentro de mi vientre.

–Mmm, vamos a otro sitio. Aquí no es. Sólo quería echar un vistazo. –No me salía una frase coherente–. Pensé que sí, pero resulta que no...

–Lo que usted diga –dijo el taxista, y le di la nueva dirección.

Empecé a pasar las páginas del calendario a toda prisa, al tiempo que trataba de recordar cosas en las que no había pensado desde las clases de biología de octavo curso. Como cuándo tenía lugar la ovulación. ¿Era doce días después de que terminara la regla anterior? ¿O se empezaban a contar desde que la regla empezaba? ¿Dieciséis días más o menos? Me di cuenta de que no tenía la menor idea. Después, ¿cuántos días funcionaba el óvulo? ¿Tres, tal vez? ¿Cinco? Empecé a sudar. Me imaginé mis entrañas como un sumidero lleno de espermatozoides que habían conseguido saltarse las diferentes defensas dispuestas contra ellos, espermatozoides al acecho durante días, tal vez hasta semanas, que habían creado su propio ecosistema; de repente mi vientre era como una gigantesca bola de nieve de material genético ajeno, y entonces un óvulo solitario entra flotando como un globo en un estadio lleno de confeti. Traté de recordar con exactitud cuándo había tenido relaciones sexuales. Doblé la esquina de varias páginas. Cuatro veces en dos ocasiones diferentes. ¿Una segunda vez que tenía lugar después de medianoche contaba como al día siguiente? Era una duda importante, porque eso implicaba doblar aún más páginas. Me quedé allí, mirando mi maltratado calendario, y empecé a comprender algo horroroso.

No sabía quién era el padre.

¡No sabía quién era el padre! ¡Podía ser de Tom, o de Henry! ¡Seguramente fuera de Henry, pero también podía ser de Tom! ¡Y no se parecían en nada! Empecé a hiperventilar. Traté de recordar lo que me había dicho Tom sobre los ojos de nuestros hijos. Algo acerca de que sabía de qué color iban a ser. ¡Pues Tom tenía los ojos azules, y Henry castaños! ¡Estaba perdida!

El taxi llegó a la calle de Cordelia y aparcó ante su portal. Tiré un arrugado billete de veinte al asiento de delante y, mientras esperaba el cambio, crucé los brazos sobre el pecho y me palpé los senos con discreción. Estaban sensibles. ¡Sensibles!

–Aquí tiene –dijo el conductor al tiempo que me daba el cambio.

Entré en el edificio de Cordelia. Hice un gesto de saludo a Enrique, el portero, que me acompañó al ascensor. Entré y apreté el botón del piso once.

Allí, a solas en el ascensor, la vergüenza me cubrió como un manto. ¿Cuándo me había convertido en una ramera?, me pregunté. ¿Qué me había pasado? ¿Qué había hecho mal? ¿Cómo había llegado a pensar que aquel comportamiento era aceptable? Vivía con un hombre con el que no estaba casada y luego me acostaba con un tipo, al que conocía desde hacía menos de siete días, en la primera cita. Que, bien pensado, ni siquiera había sido una cita. El tío me había dicho en la escalera que fuéramos a cenar. Pagamos la cuenta a medias. Hubiera sido lo mismo poner un anuncio en la parte final de nuestro periódico y decirle que me dejara el dinero encima de la cómoda al salir. A medida que veía iluminarse uno a uno los números de los pisos se me llenaron los ojos de lágrimas. «En fin, Alison –me dije–, vas a cosechar lo que has sembrado. Has sembrado el comportamiento de una puta, y vas a cosechar un hijo no deseado de padre desconocido.»

Las puertas del ascensor se abrieron. Salí al vestíbulo, largo y mal iluminado, y pulsé el timbre de Cordelia.

–¿Qué te pasa? –preguntó nada más verme la cara.

–Estoy embarazada –dije, y me eché a llorar.

Cordelia asintió con calma y se apartó para que entrara. Tiré la chaqueta en una silla y me lancé de bruces a su sofá.

–Me voy a suicidar –dije.

–¿Te has hecho la prueba? –me preguntó en tono rotundo.

–¿Sabes eso que dice Bonnie de que cada vez que se queda embarazada lo nota? Pues yo lo noto.

Cordelia se fue a la pequeña cocina y sacó del congelador una botella de Absolut. Sirvió una buena dosis para cada una.

–Toma –me dijo.

Me senté y negué con la cabeza.

–El bebé... –empecé. Cordelia puso los ojos en blanco–. ¿Qué ocurre?

–¿Sabes cuántas veces hemos tenido esta conversación, Alison?

–Más de una.

–Muchas, muchas más de una.

–Y nunca estoy embarazada.

–Y nunca estás embarazada.

–Nunca.

–Nunca estás embarazada. Te montas la película en la cabeza, te pones histérica, y no has estado embarazada ni una vez.

Era cierto.

A ver, no quiero ser demasiado explícita sobre mis mecanismos interiores, pero en mi caso todo este tema ha sido siempre una ciencia un tanto inexacta. No funciono como un reloj. Funciono de una manera diseñada para generar el máximo número posible de sospechas molestas, falsas alarmas y pánicos de embarazos en toda regla. Quizá piensen que una persona normal con una historia como la mía sería más cautelosa a la hora de llegar a conclusiones como a la que había llegado yo en el asiento trasero del taxi. Puede que una persona normal lo hiciera. Yo no. A mí nunca me cabe la menor duda.

Siempre estoy cien por cien convencida. Ahora que lo pienso bien, se me ocurre que todo esto funciona como un sistema automático de penitencias por tener relaciones sexuales. A nivel consciente hace ya cierto tiempo que he decidido racionalmente que tener relaciones sexuales con un individuo sin estar casada con él está bien, siempre y cuando ninguno de los dos esté casado o involucrado sentimentalmente con terceras personas, pero mi subconsciente no acaba de ponerse a la altura. Y empieza a esparcir miedos. La diligencia a la hora de la aplicación de diversas medidas profilácticas no consigue mitigarlos. Supongo que la raíz de todo se puede rastrear hasta una chica del instituto que se quedó embarazada y hasta el día de hoy mantiene que nunca tuvo relaciones sexuales plenas, en el sentido técnico de la expresión. Así que ni las múltiples líneas de defensa significan nada para mi psique.

–Ya sé que esto me ha pasado antes –dije–, pero esta vez es diferente.

–¿En qué sentido?

–En el de que no sé quién es el padre.

Y volví a echarme a llorar.

Cordelia se puso las manos en las caderas.

–¿Quiénes son los candidatos?

–¿Cómo que quiénes son los candidatos? –chillé–. ¡Lo sabes de sobra! ¡Tom y Henry!

Hubo una larga pausa.

–¡Y ni siquiera se parecen! –añadí.

Cordelia inclinó la cabeza a un lado y me miró.

–¡Tienen los ojos diferentes!

–¿Ése es tu plan? –dijo.

–¡No tengo ningún plan!

–Bueno, pues yo sí –dijo Cordelia–. Ponte la chaqueta.

–¿Adónde vamos?

–A la farmacia.

Sacudí la cabeza con energía.

–No puedo –dijo–. No lo soportaría.

–Yo sí lo soportaré –replicó–. Y me niego a prolongar esto un minuto más de lo absolutamente necesario.

Cordelia y yo bajamos en el ascensor y doblamos la esquina para ir a la farmacia. Solté los diecinueve dólares que costaba una prueba, la buena. Diecinueve dólares que no me podía permitir estando desempleada, pero en fin. Arrastré los pies de nuevo hasta el piso de Cordelia, con la bolsa de papel marrón en la mano sudorosa.

No hace falta que me explaye mucho sobre esta parte. Seguí las instrucciones de la caja, me senté en el retrete durante lo que pareció una eternidad con los ojos cerrados a cal y canto y al final los abrí. El alivio me recorrió como una oleada. No hay sensación mejor que ésa. De hecho, creo que lo único positivo que tiene esta hipocondría de embarazo es esa sensación, la de no estar embarazada si no quieres, que es sublime. Por un momento, el resto de tus problemas habituales parecen minúsculos y abordables en comparación con éste, de dimensiones imposibles, y luego el problema de dimensiones imposibles se desvanece por el simple hecho de mear sobre un palito.

–Oye lo que te digo –me dijo Cordelia–, hemos llegado a un punto en el tema de tu comportamiento que debería ser evaluado por un profesional de la salud mental.

Asentí.

–Esto no es normal –añadió.

Asentí de nuevo.

–La próxima vez que creas que estás embarazada, recuerda que ni una sola vez has estado embarazada. Hace años que tienes relaciones sexuales y nunca te has quedado embarazada. Nunca.

Me dio un fuerte abrazo.

–¿Cordelia? –pregunté con el rostro pegado a su cuello.

–¿Sí?

Me aparté de ella y la miré a la cara.

–¿Crees que a lo mejor lo que pasa es que no puedo tener hijos?

Me dio un empujón.

Y me fui a casa.

Tengo dos teorías acerca de por qué acepté que Tom regresara. No, se me acaba de ocurrir otra... tengo tres. Tres teorías. La primera consiste en que cuando Tom me dejó por Kate Pearce aquello supuso un duro golpe para mi narcisismo, y su regreso dio alas a mi elevadísima visión de mí misma. Janis Finkle fue la primera persona que me aplicó el término «narcisista». Lo dejó caer como si tal cosa durante una sesión, como si se tratara de algo que ambas habíamos reconocido hacía ya tiempo, como si fuera un hecho anotado en mi expediente junto con los nombres de mis hermanos, la ciudad donde nací y el sueño recurrente sobre el accidente de barco. Después de la sesión me fui directa a la librería Barnes & Noble, y me senté en la moqueta verde de la sección de psicología con un diccionario abierto sobre el regazo. Pasé las páginas hasta dar con el Trastorno Narcisista de la Personalidad. Leí los criterios de diagnóstico. Estaba claro que tenía tres de los indicadores, muy probablemente cuatro, y sólo hacen falta cinco para que te consideren un caso clínico. Cosa que, en lo que a mí respectaba, era ir demasiado lejos. Cuando volví a ver a Janis la semana siguiente la acribillé con aquel tema, hasta el punto de que sin duda parecí obsesionada con mi propio narcisismo, como una serpiente a la que le gustara el sabor de su propia cola. En cualquier caso, no me considero una narcisista de primera: soy capaz de comprender los sentimientos de otras personas y puedo ver las cosas desde otros puntos de vista aparte de los míos, pero tengo tendencias narcisistas, y cuando Tom me dijo que no podía vivir sin mí saltaron como resortes. ¡Claro que no podía! ¡Pobrecillo! Vale. Ésa es la primera. La segunda teoría es un poco más precisa. Puede que hayan llegado a la siguiente conclusión: mi padre me abandonó cuando tenía cinco años y como ya he dicho tuve otro padre, así que es obvio que el primero no volvió. De manera que el regreso de Tom fue como llevar a la realidad la fantasía central de mi infancia, y en cierto modo no me pude resistir.

Resulta que la tercera teoría es la única de la que fui consciente en su momento. La tercera teoría consiste en que yo quería a Tom. Y el amor te lleva a hacer locuras. Sí, claro, la locura también te lleva a hacer locuras, pero no me refiero a eso. Tom había vuelto. Las cosas no eran como yo creía, pero lo podría soportar. Jamás había imaginado que sería capaz de aguantar algo como aquello, pero por lo visto sí podía. No era justo por mi parte esperar la perfección sólo porque había soñado con ella toda mi vida. La gente comete errores. La vida no es justa. La gente cambia.

Cuando llegué a casa Tom estaba tumbado en el sofá, con los cascos puestos. Tenía los ojos cerrados y estaba tan quieto que por un momento se me pasó por la cabeza que tal vez estuviera muerto. No estaba muerto, claro, sino dormido. Me quité la idea de la cabeza. Fui a la cocina, saqué de la despensa un paquete de pasta y empecé a hacer la cena.

19

La película *Cuando Harry encontró a Sally* hizo un flaco favor a los solteros y solteras de todo el mundo: les obligó a mirar a cada uno de los amigos del sexo hacia el que se sentían inclinados y preguntarse, ¿es con esta persona con la que voy a terminar? La mayor parte de las veces es una pregunta desesperanzadora, porque si quisieras acabar con esa persona ya estarías saliendo con ella. Imaginen que alguien le hubiera dicho a Meg Ryan, en aquel viaje de Chicago a Nueva York, que se iba a pasar los doce años siguientes de su vida de soltera con un puñado de relaciones tan breves como insatisfactorias y que al final, justo cuando iba a renunciar a la esperanza, ¿a quién se alegraría de ver ante el altar de la iglesia? Al imbécil que le escupía pepitas de uvas contra la ventana.

Cosa que me lleva a hablar de Matt. Matt, mi querido amigo Matt, que había elegido aquel momento concreto para decirme que estaba enamorado de mí.

Me cayó como una sorpresa, claro, pero no una sorpresa tan grande como se podrían imaginar. No sabía que Matt sintiera eso por mí, de verdad que no tenía ni la más remota idea, pero padezco una enfermedad que me hace creer que todos mis amigos varones me aman en secreto. Creo que algunos son conscientes de ello y otros no. Algunas mujeres tienen una variante de esta enfermedad –son mujeres que van por la vida pensando que todos los hombres que conocen quieren acostarse con ellas–, pero no es mi caso. De hecho, creo que es más que posible que esos amigos varones que están enamorados de mí tengan poco o ningún interés en acostarse conmigo y por eso las amistades se prolongan a lo largo de los años. De todos modos, el hecho de que sucediera por fin, el hecho de que uno de mis amigos me declarase su amor, verificar mi intuición en ese asunto concreto, me proporcionó una minúscula satisfacción, pero tan minúscula que no representó nada comparado con el resto, que fue horroroso.

Fue en Dobbies. Habíamos estado tomando unas copas. Vale, estábamos borrachos. Dobbies es uno de esos bares adonde vas para emborracharte y a eso nos dedicamos. Nos tomamos un tequila cada uno en la barra y después jugamos varias partidas de dardos. En las apuestas de los dardos también entraba el tequila, y debido a una serie de errores de cálculo en el recuento de puntos, así como a mi diabólica habilidad de alzarme muy por encima de mi talento natural en situaciones competitivas, Matt perdió una y otra vez. Y bebimos.

Al cabo de un rato, un par de camareros que salían de su turno se acercaron a jugar una partida, de modo que nos sentamos en un reservado. Matt fue a la barra. Volvió con una jarra de cerveza Rolling Rock y un paquete de Marlboro.

Sacó un cigarrillo y lo encendió.

–Pero ¿qué haces? –dije.

–¿A ti qué te parece? –replicó Matt.

–Si tú no fumas.

–*Ya* no fumo, que no es lo mismo. Lo dejé en enero de 1995.

Miré fijamente el cigarrillo que tenía en la mano.

–Fue uno de los grandes logros de mi vida, y no he tenido tantos –siguió–. Así que el otro día, mientras lo pensaba, decidí recompensarme con un mes de cigarrillos ilimitados.

–Estás como una regadera –señalé.

–Después lo volveré a dejar –dijo Matt. Dio una larga calada–. Aunque la verdad es que me encanta.

–Bueno, pues dame uno a mí –dijo.

Encendió otro cigarrillo y me lo tendió.

–¿Sabes una cosa? –dijo–, a veces se me olvida lo dulce que eras antes, pero cuando te veo sostener el cigarrillo como una niña de doce años lo recuerdo otra vez.

–¿A qué te refieres? Sigo siendo dulce.

–No.

–Sí.

Negó con la cabeza. Reflexioné unos instantes.

–Bueno, yo no quiero ser dulce –dije al final–. Pasada cierta edad ya no se es dulce, se es sentimentaloide.

–No sabría qué decirte –respondió Matt–. Julie era dulce.

–¿Julie?

–La enfermera.

–Ah, sí –dije–. La sentimentaloide.

Matt tenía una expresión melancólica en el rostro.

–Estaba muy colgada de mí. Siempre me estaba haciendo cosas. Me traía regalitos. Me preparaba unos panecillos dulces perfectos, en miniatura... –Llegado a este punto hizo un gesto para mostrar las dimensiones de los panecillos, con toda ternura, y me di cuenta de que estaba muy borracho–. Pensé que algo tendría Julie de malo para ser tan amable conmigo. Pero el auténtico problema es que yo seguía buscando algo mejor.

–¿Por qué no la llamas?

–Se casó hace dos años –dijo–. Con un dentista. Ahora viven en Oregon.

–Tal vez se pueda extraer una lección de todo eso.

–La lección de Julie –dijo Matt. Cerró los ojos un instante–. Sí. La próxima vez que conozca a una mujer que me soporte, me aferraré a ella.

Abrió los ojos, y me hizo un guiño.

–¿Qué? –dije.

–Nada.

–Venga, ¿qué querías decir?

–Casémonos –dijo Matt. Se levantó. Alzó la voz para hacerse oír por encima de la música de la gramola–. Te lo digo en serio. Cásate conmigo, Alison.

–Siéntate, Matt.

–Si no te quieres casar conmigo al menos vente a mi casa.

–Claro.

–No quiero ser de esos tíos que tratan de llevarse a las mujeres a la cama prometiéndoles que va a ser genial, pero sí, lo voy a hacer –dijo–. Será genial. Te lo prometo.

Había un par de personas sentadas a la barra, y vi cómo se volvían para mirarnos.

–Matt, me estás avergonzando –dije en voz baja.

–¿Que yo te estoy avergonzando? Ni hablar. Si alguien debería estar avergonzado soy yo. Pero no me importa. ¿Y sabes por qué? Porque te quiero.

Me incliné hacia delante y le di un buen golpe en el pecho. No sé por qué lo hice, de verdad, no sé qué efecto pretendía conseguir con aquel golpe, pero fuera el que fuera no dio resultado. Porque aquello no hizo más que dar alas a la osadía de Matt.

–Estoy enamorado de ti, Alison Hopkins –dijo Matt, ya a voz en grito.

Le di otro golpe. Uno de los jugadores de dardos llamó al camarero.

–Steven, ponle otra jarra a aquel caballero.

–No, no, gracias –dije al tiempo que hacía un gesto al camarero–. Aquí no hace falta más alcohol. –Alcé la vista hacia Matt–. Por favor, siéntate.

Matt se sentó. Extendió las manos sobre la mesa y me agarró las dos muñecas. Sentí nuestros pulsos latir al unísono.

–Mírame –dijo.

Lo miré. Tenía las sienes sudorosas, pero los ojos eran claros y brillantes, y me sostenían la mirada.

–Te quiero, Alison –dijo Matt–. Y no te lo digo porque esté borracho.

En aquel mismo instante me invadió un sentimiento que no podría describir aunque me fuera la vida en ello, pero supe que me estaba diciendo la verdad. El corazón se me encogió de pena.

–Bueno, sí, te lo digo porque estoy borracho –continuó–, pero eso no significa que no te lo diga en serio. Te quiero. Te he querido desde que te conocí.

Me quedé petrificada. No tenía ni idea de cómo responder. En todos los años que me había pasado con la sospecha de que varios amigos albergaban sentimientos secretos hacia mí, mi imaginación nunca había llegado tan lejos. Y cuando me llegó la hora de la verdad, cuando se me declaró, cuando tuve a un hombre sentado ante mí con el corazón en la mano, lo único que sentía era una tristeza indescriptible.

–Oh, Matt –dije al final con voz algo débil–. Matt.

Me miró a la cara y me soltó las muñecas.

–No digas más.

Me sentí abominable. De verdad, fue un momento espantoso. Tienen que entenderlo, yo no estaba ni remotamente enamorada de Matt. Y sabía que no era una situación que pudiera cambiar. Ese sencillo hecho, la imposibilidad de la situación en las circunstancias presentes, se me antojó de lo más injusto. ¿Injusto para quién? ¿Para Matt? Bueno, sí, claro, es evidente; pero había algo de orden superior. Era injusto de una manera monumental, era injusto de una manera cósmica, era injusto para todo ser humano sobre la faz de la tierra. ¿No debería ser el amor un poco más sencillo? ¿No debería ser este asunto, este asunto fundamental, más fácil, más predecible, menos caprichoso, antojadizo y cruel? Y si en algún momento había confundido «enamorarme» con «dar con el hombre adecuado y que además esté dispuesto a dejarme construir una relación con él», ¿quién me lo podía reprochar? ¿Qué alternativa tenía? Bueno, sí, la alternativa estaba delante de mí. Y era una alternativa de lo más arriesgada.

El camarero nos puso delante otra jarra.

–Mazel tov –dijo.

Matt se volvió a llenar el vaso. Se lo bebió de un trago con gesto teatral, y luego lo dejó caer en la mesa con cierta fuerza. Me levanté para ir al baño.

–¿Me disculpas un momento?

–No, no te disculpo –dijo–. Quiero que te marines conmigo en esta tontería un rato.

Volví a sentarme. Me miré las manos. Me parecieron viejas. Me parecieron demasiado viejas para aquello.

–De verdad, Matt, tengo que ir a mear –dije por último–. Y no va con segundas.

–Vale. Ve. Me marinaré yo solo –respondió–. Tú orina mientras yo me marino.

Cuando volví del baño Matt seguía sentado en silencio, mientras hacía tiras con una servilleta de papel.

–He estado pensando en lo que ha pasado –dijo.

–¿Y a qué conclusión has llegado?

–Mi censor interno, que la verdad es que nunca trabaja demasiado, estaba hoy de baja.

–Ya entiendo.

–Debido al alcohol –añadió.

–Claro.

–Fumar me da sed –dijo–. Y además me he saltado la cena.

Asentí con la cabeza.

–Si quieres, olvidamos lo que ha pasado y ya está –propuse.

–Estaría muy bien.

–Pues hecho –dije.

Alguien puso *El amor duele* en la gramola.

–Pero lo dije muy en serio –dijo Matt con solemnidad–. Y no puedes volver de nuevo con Tom. No te merece. No es sólo que no te merezca, es que es un gilipollas de primera. –Aplastó el cigarrillo en el cenicero–. Por lo visto mi mecanismo censor sigue de baja.

Nos quedamos un instante en silencio.

–Será mejor que nos vayamos –dije al final.

–Buena idea.

Matt me acompañó a casa. Caminamos por la plaza Fitler, pasamos junto a las esculturas de tortugas y doblamos por Delancey. Al llegar a mi edificio nos quedamos en la acera. Las luces de la casa estaban apagadas.

–Supongo que sabes que volverá a pasar –dijo Matt.

–¿A qué te refieres?

–A Tom. Lo volverá a hacer.

Busqué las llaves en el bolso.

–A quien ya lo ha hecho no le cuesta volver a hacerlo –dijo Matt.

–No lo sé.

–Lo volverá a hacer, y tendrás que decidir si quieres vivir con eso.

El martes siguiente fui a Nueva York a una entrevista para un trabajo en una revista. Cogí el tren, hice la entrevista, y para regresar volví a coger el tren, que estaba abarrotado. Se me sentó al lado una mujer que debía de tener mi edad y empezamos a charlar. Resultó que había ido al Wheaton College –el de Illinois, el cristiano– con mi hermana Meredith. Resultó que su padre era el pastor de la iglesia a la que asiste mi amiga Angie en Atlanta. Resultó, en resumidas cuentas, que era cristiana evangélica, y debido a una serie de detalles se llevó la impresión de que yo era mucho más cristiana evangélica de lo que soy en realidad. Cuando me encuentro en este tipo de situaciones hago lo posible por no poner en práctica un nivel excesivo de hipocresía e impostura personal; como mínimo, intento no decir mentiras descaradas. Y no me resulta fácil. En aquella ocasión la conversación degeneró hacia las habituales quejas contra los evangélicos por mi parte. Cómo son de farisaicos. Como son de cerrados, críticos y legalistas. La falta de rigor intelectual, el miedo al arte, a la cultura, a las ideas, la casi total ignorancia de cualquier noción de las raíces históricas del cristianismo. Los peinados espantosos, la ropa espantosa, las horribles iglesias y las empalagosas oraciones en común. Y la autosuficiencia. Dios mío, la autosuficiencia.

–Olvídate de los cristianos –me dijo aquella mujer–. Olvídate de todo eso. –Me puso una mano en el brazo y me miró con una de esas expresiones de dolorosa sinceridad en la cara. Tenía acento sureño (y creo firmemente que lo que dijo a continuación es una de esas cosas que realmente sólo se pueden decir si tienes acento sureño)–. ¿Estás enamorada de Jesús?

Aquello me pilló por sorpresa. En parte porque eso ya no lo pregunta nadie. En parte también porque me hizo pensar. Y lo cierto es que, ahora mismo, no estoy enamorada de Jesús. No, «enamorada» no es la palabra. Estoy obsesionada con Jesús, pero no se trata de amor.

No sería correcto dar a entender que he perdido la fe por completo, pero sí que he perdido cierto tipo de fe, y no quisiera dejarles con la impresión de que eso no representó una gran pérdida para mí. Tengo que enfrentarme a lo que me queda de ella, elegir fragmentos, huir de ellos, ordenarlos y compartimentarlos, pero siempre me encuentro con que incluso los restos de la fe que tuve siguen siendo muy poderosos. Cierto tipo de personas lo explicaría fácilmente. Cierto tipo de personas diría que lo que me pasa es que estoy huyendo de Dios. ¿Y saben una cosa?, así es exactamente como me siento. La verdad es que mi corazón está inquieto, me gustaría sentir paz y empiezo a temerme que lo único que me mantiene donde estoy es el orgullo, pero no puedo dar marcha atrás. Al menos todavía no. Todavía no.

20

Durante un par de semanas no pasó nada importante. Bueno, no me pasó nada importante a mí. Bonnie tuvo su bebé, de manera que a ella sí que le pasó algo importante. Fue niña, su primera hija, y le pusieron de nombre Grace. Cordelia y Naldo rompieron. Matt me envió una nota encantadora y yo le respondí con otra. Las cosas entre Tom y yo habían vuelto más o menos a la normalidad.

Y entonces, una tarde de viernes a última hora, mientras estaba en el dormitorio haciendo la cama, me fijé en que había un recibo de cajero automático en el suelo, al lado de la mesilla de Tom. Lo recogí, y cuando estaba a punto de dejarlo encima de la mesilla vi el reverso por casualidad. Me quedé helada. Había escritas dos iniciales, seguidas por un número de teléfono. Me senté al pie de la cama y contemplé el papelito que tenía en las manos. A ver, ¿quién escribe un número de teléfono después de unas iniciales? Se lo voy a decir: alguien que tiene algo que ocultar. Alguien que no quiere que la persona con la que vive sepa a quién llama. Alguien que no quiere que la persona con la que vive sepa el *sexo* de la persona a la que llama.

Consulté el reloj. Tom llegaría a casa en menos de una hora. Íbamos a ir al apartamento de Nina Peeble a cenar con nuestros amigos. Nina siempre estaba organizando cenas con los amigos, pero ésta era especial. Allí estarían Bonnie y Larry, y Cordelia, y Victor, el marido de Nina... de hecho, estarían todos los que asistieron a la cena original, la que terminó de manera tan desastrosa. Nina había dado instrucciones a todo el mundo para que se comportaran como si no hubiera pasado nada, para quitar de un plumazo todo el hierro a la situación.

Así que tenía que actuar rápidamente.

Fui a la cocina. Puse a hervir un cazo con agua y subí el fuego al máximo. Luego me dirigí a la sala de estar, al escritorio de Tom.

Había un montón de correspondencia sin abrir, como me imaginaba. Repasé los sobres hasta dar con lo que buscaba. Todo lo hice como si fuera lo más natural, como si hubiera estudiado un curso sobre el tema, como si hubiera visto un vídeo con las instrucciones. Volví a la cocina con las cartas y contemplé el cazo. Nada. Durante lo que me pareció una eternidad, nada de nada. Luego, al fin, empezaron a aparecer burbujas. Poco a poco se hicieron más grandes. Por último, el agua hirvió.

Me incliné para abrir el cajón donde están los utensilios de cocina menos habituales. Busqué unas pinzas. Hice mucho ruido, pero las pinzas no aparecieron. Lo único remotamente parecido eran unos cubiertos para servir la ensalada unidos por una bisagra, pero no ejercían suficiente presión como para sujetar el sobre. Respiré profundamente. Tal vez era una señal. Tal vez debía detenerme de inmediato y poner la carta de Tom en su escritorio, porque una vez empiece ya no habrá marcha atrás. Consulté el reloj del microondas y entonces fue cuando vi las manoplas. Las manoplas me servirían.

Sostuve el sobre encima del cazo con una mano, mientras con la otra iba despegando la goma. No tardé en conseguir abrirlo. ¿No creen que nuestro servicio de correo debería ser más seguro? Por un momento tuve una sensación muy particular, la que te entra cuando sabes algo de toda la vida –que la mantequilla de cacahuete sirve para quitar el chicle del pelo, por ejemplo, o que la orina alivia el dolor de la picadura de medusa–, esa especie de sabiduría cultural que vas acumulando y nunca encuentras ocasión de utilizar, y por fin, cuando consigues ponerla en práctica, te mueres por contar a todo el mundo lo bien que funciona.

Abrí el sobre y saqué la factura del teléfono móvil de Tom. Allí aparecían todos los números a los que llamaba, junto con la duración de cada llamada. Comparé con cuidado la lista de llamadas con el número del reverso del recibo. No estaba.

Repasé la lista de números en busca de una pauta, de una pista, de lo que fuera. Me llamó la atención un prefijo poco familiar. ¿De dónde era? Pasé el dedo por la lista de llamadas. Uno, dos, tres, cuatro... siete. Me empezó a latir el corazón a toda velocidad. Siete llamadas al número misterioso. Siempre a primera hora de la tarde.

Siempre de unos veinte minutos. Seguramente las hacía mientras volvía a pie del trabajo a casa.

Cogí el teléfono y marqué el número. Dio señal una vez. Luego otra. Empecé a ponerme nerviosa. Tres veces. Y, al final, una voz de mujer.

–¿Sí?

–Hola –dije. No había pensado qué más decir–. Hola.

–¿Alison? –preguntó la voz.

Mierda.

–¿Con quién hablo? –pregunté.

–Soy Tracy, Alison. La hermana de Tom.

–Tracy. Claro. Hola –dije–. Eh... ¿está Tom por ahí?

–No, ¿iba a venir?

–Me pareció entender que sí.

–Ni siquiera sabía que estaba en Boston –dijo Tracy.

–Claro. Seguro que lo interpreté mal.

–Si está aquí dile que me llame –pidió.

–Cómo no.

–¿Estás bien, Alison?

–Sí, sí, muy bien.

–Vale –dijo–. Entonces, hasta luego.

–Hasta luego.

Colgué el teléfono. El corazón me latía a toda velocidad y empecé a recorrer la cocina a zancadas. El agua del cazo seguía hirviendo. El vapor me llamaba, incitante. Vi el extracto de la American Express de Tom. Tal vez debería echarle un vistazo.

«Detente –Alison, me dije–. Esto no te va a servir de nada. ¿Qué es una relación sin confianza? Tienes que perdonarlo. Tienes que confiar en él o te volverás loca.»

Me senté a la mesa de la cocina y apoyé la cabeza en las manos. Esto es irracional, me dije. Esto no tiene ninguna lógica. Y entonces me di cuenta: el problema estribaba en que sí era racional. En que tenía toda la lógica del mundo. Durante el resto de mi vida, cada vez que viera un número de teléfono escrito en el margen de una agenda, por poner un ejemplo, o en el reverso de una tarjeta de visita, me sentiría obligada a investigar. O como mínimo a indagar. A hacer preguntas en apariencia inocentes. Cada vez que oyera un nombre de mujer desconfiaría. Mi mente se llenó de posibilidades.

¿Y qué haría yo si me lo volvía a hacer? En concreto, ¿cuál era mi plan? De repente comprendí que, por extraño que parezca, me había reconfortado el hecho de que Tom y Kate hubieran sido novios antes, me había reconfortado creer que ella era su única obsesión. Hay cierto tipo de hombres que tienen cierto tipo de obsesiones, y a veces es mejor que caigan en la tentación para librarse de ellas. Nunca había sido consciente de defender semejante teoría, pero por lo visto, en el fondo, así era. Sabía que no iban a acabar juntos. Eso lo sabía hasta Tom. Era una de las cosas que me había dicho sin rodeos. Me dijo, literalmente, que no era la clase de mujer con la que pudiera casarse. Y entonces, ¿qué? O sea, sólo podía haber una Kate Pearce, ¿no? Una vez descartada, todo en orden... ¿verdad?

Abrí el armario de debajo del microondas y saqué la guía telefónica. Encontré el número que buscaba y lo marqué.

–¿Puedo hablar con Janis Finkle? –pregunté.

–Sí, soy yo.

–¿La Janis Finkle que trabajaba en el centro de salud?

–Sí. ¿Con quién hablo, por favor?

–Yo era una de tus pacientes. De tus clientes. Eras mi terapeuta. Soy Alison Hopkins.

–Ah, sí, Alison –dijo Janis–. ¿Cómo estás?

–Muy bien. Bueno, no tan bien, claro. Por eso te llamo.

–¿En qué puedo ayudarte?

–Quería saber si has averiguado algo sobre mí y si me lo podrías contar. Ya sabes, algún secreto.

–Algún secreto –dijo con voz inexpresiva, muy de terapia.

–Bueno, ya sé que durante las sesiones no me puedes decir qué es lo que debo hacer, pero pensé que a lo mejor tenías alguna teoría sobre mí y no me la contaste, esperando que yo misma cayera en la cuenta. Ahora que ya no soy tu paciente te podrías saltar las normas.

–¿Por qué no me dices qué te está pasando? –dijo Janis.

Eso hice. Le conté toda la historia. Le hablé de la relación entre Tom y Kate, lo que había pasado en la cena y el regreso de Tom con la mostaza dos semanas más tarde. Le dije cómo había encontrado el número en el recibo del cajero, cómo había abierto la factura del móvil al vapor, para dar con un número diferente, y cómo había llamado y ahora pensaba que debía llamar al primer número, que en realidad sólo debería haber llamado al primer número, y seguí, seguí, seguí, y para cuando terminé sollozaba al teléfono, expectante, a la espera de un momento de compasión o de comprensión, ¿y saben lo que me dijo Janis Finkle?

–¿Cómo te sientes al no tener el control?

Anda y que te den, recuerdo que pensé en aquel momento. La que puso los cuernos no fui yo. No fui yo la que salió a por mostaza y no regresó. Yo no mentí. No rompí ninguna promesa. No engañé, no fui de flor en flor, no lo estropeé todo. No hice nada más que pintar la cocina del tono perfecto de amarillo y comprarle cajas para los calcetines. ¡Si hubiera tenido el control nada de todo aquello habría sucedido!

Hubo una época en mi vida en la que invertí una gran cantidad de tiempo en discutir si sería posible o no tirar a un mono por una ventana. La ventana en cuestión estaba en el piso veintitrés de uno de los edificios de dormitorios colectivos de la Universidad de Pensilvania –ni que decir tiene que por aquel entonces yo iba a la universidad–, en uno de los dormitorios que quedaba enfrente del mío donde vivían cuatro tipos que siempre mantenían la puerta abierta con un zapato atravesado. Por aquella ventana concreta se habían tirado muchas cosas, la más impresionante tal vez un televisor de diecinueve pulgadas, pero en ese caso no hubo debate ya que nadie se había planteado si sería o no posible tirar un televisor por la ventana. Era posible, lo hicieron, y luego pasaron al tema del mono, que no llegó a ninguna parte. Aún hoy en día sería posible retomar el debate sólo con reunir a tres o cuatro individuos, siempre que uno de los presentes fuera Lyle Brady. Lyle era una especie de leyenda en aquella universidad. Estudiaba veterinaria, se había criado en una granja vacuna del oeste de Kentucky y era famoso por su frase para ligar: «Eres tan fresca y pura como un vaso de leche». Lyle tenía una confianza infinita en la fuerza y reflejos de los monos, así como en sus ganas de vivir. De hecho, Lyle aseguraba que sería categóricamente imposible tirar un mono por la ventana y, lo que es aún más esencial para estas cosas, jamás se cansaba de discutir sobre el tema. Había unas cuantas reglas acordadas de antemano. El mono en cuestión tenía que ser de un tamaño tal que la envergadura de sus brazos extendidos le permitiera asirse con facilidad a ambos lados del marco de la ventana, y estaba prohibido discapacitarlo físicamente de ninguna manera, o sea, nada de atarlo, taparle los ojos, drogarlo, etcétera. En cambio, sí se podía hacer dar vueltas al mono y luego lanzarlo hacia la ventana de espaldas. Eso era justo. También podías apagar todas las luces. Podías esperar a que el mono se durmiera o fabricar una especie de catapulta de alta velocidad. Supongo que ya me entienden. De cualquier manera, a mí siempre me pareció que si ibas por las buenas con el mono, si lo abrazabas y le canturreabas como una madre a su bebé, te dirigías despacito hacia la ventana y luego lo soltabas de golpe, el mono se quedaría tan sorprendido que no sería capaz de agarrarse al marco y caería. Hasta el día de hoy estoy tan segura de que esta estrategia daría resultado que siempre me dan ganas de coger un mono de verdad y demostrarlo. No sería desde un piso veintitrés, claro. Desde un segundo como mucho.

Sigan mi razonamiento, por favor. Una de las peores decepciones que me he llevado siendo adulta ha sido descubrir la poca importancia que tiene en el amor lo de ser inteligente. Siempre he confiado en mi cerebro para salir adelante, siempre he pensado para mis adentros que tenía cierta ventaja en la vida porque era, si no la persona más lista de la reunión, al menos sí la que la persona más lista de la reunión elegiría para charlar, y había dado por supuesto que eso me ayudaría en las relaciones sentimentales. Pero la verdad, la verdad que estaba empezando a ver, era que ser inteligente y tener éxito en el amor eran dos cosas bien diferentes, y pensar que lo uno te servirá para lo otro es como suponer que el mejor malabarista del mundo podría llevar a cabo operaciones de cirugía cerebral. De hecho, creo que estaba tan ocupada tratando de ser más astuta que Tom que lo cierto es que dejé de amarlo de verdad. Dediqué tantos esfuerzos a que pasara de amigo a novio, luego a prometido y luego a marido, que dejé de prestarle atención. Creí que aquello requería inteligencia. Que aquello requería habilidad. Me concentré tanto en conseguir una ventaja táctica que dejé de lado todo lo demás. En cierto modo, lo único que quería era tirarlo por la ventana. ¿Y saben lo que pasa cuando haces una cosa así? ¿Saben qué acabas teniendo entre manos? Yo se lo diré.

Un mono muerto.

Por fin descubrí qué es lo que había querido de Tom. Quería que se quedara. Quería que se quedara para siempre.

21

Después de colgar el teléfono tras la conversación con Janis Finkle fui al cuarto de baño y me metí en la ducha. Estaba enfadada. Estaba enfadada con Tom por andar apuntando números de teléfono debajo de unas iniciales, enfadada con Janis por insinuar que lo único que me interesaba era el control, y enfadada conmigo misma por haber llamado a Tracy, la hermana de Tom. También estaba enfadada con Tracy de manera preventiva, porque sabía que informaría a Tom sobre mi llamada, y otra vez enfadada conmigo misma porque ni devanándome la cabeza se me ocurría una explicación. Hasta me sobró tiempo para enfadarme con Nina Peeble por organizar aquella cena.

Y estaba enfadada con Tom, porque llegaba tarde.

Nina y Victor vivían a unos veinticinco minutos de la ciudad, en una enorme casa en Rosemont. Cuando Tom llegó a casa se cambió de traje, y luego los dos hicimos el trayecto en coche en lo que Tom debía de pensar que era un silencio amigable. Cuando llegamos a casa de Nina yo ya había conseguido calmarme.

Tom aparcó el coche en el camino de acceso y caminamos hasta la puerta de entrada. En el pórtico de ladrillo había varios tipos de calabazas dispuestas con sumo gusto, además de una jardinera de piedra con crisantemos amarillos y púrpuras; los postigos de las ventanas estaban pintados de color verde bosque, y allí de pie, a la suave luz del farol antiguo del porche, sentí algo que suelo asociar con Nina Peeble y que sólo puedo describir como una vaga insatisfacción vital. No quiero decir que desee la vida de Nina; no es eso. Es más bien que Nina Peeble encarna cierto problema que tengo con el hecho de ser mujer. Una de las cosas que siempre dice mi madre es que las mujeres de hoy en día tienen demasiado donde elegir. Tenéis demasiado donde elegir, niñas, nos decía a mi hermana Meredith y a mí. No sé cómo os las vais a arreglar con tanto para elegir. Y es verdad, creo que las mujeres de mi edad tenemos mucho donde elegir. Pero precisamente ahí está el problema: no me convencen las elecciones de nadie. Siempre que veo a Nina, con su casa, su hijo y su marido, con su jardín, sus proyectos, sus cenas, con su profesión relegada como quien no quiere la cosa y sus brazos perfectamente torneados, veo a una mujer que ha elegido y está satisfecha con sus elecciones. No sólo satisfecha, es que además está convencida de que, si tuvieras dos dedos de frente, harías lo mismo que ella.

La puerta se abrió y apareció Victor con un margarita. Por lo visto tocaba noche mexicana. Me dio un beso en cada mejilla, estrechó la mano a Tom y nos siguió camino a la cocina.

La fiesta ya había empezado, sobre todo en la cocina. Tom conoció a Grace, la recién nacida. Nos ofrecieron copas y las aceptamos.

–He conocido a un tipo –dijo Cordelia.

–¿Cómo es? –quiso saber Larry.

–Bueno, es canadiense –dijo Cordelia–. Y se mete las manos en los bolsillos de esa manera...

–¿Eso qué quiere decir? –dijo Larry. Se volvió hacia Bonnie–. ¿Qué quiere decir con eso?

Apretó un botón de la batidora y el sonido del hielo contra las aspas de metal llenó la cocina.

–Yo sé a lo que se refiere –dijo Bonnie cuando el ruido terminó–. Desgarbado, ¿no?

–Las articulaciones se le van para todos lados –asintió Cordelia–. Y va con los pies abiertos. Es de esos que parece que esquiaron demasiado.

–¿Ahora los requisitos son ésos? –preguntó Larry. Empezó a llenar los vasos de nuevo–. ¿Un canadiense capaz de meterse las manos en los bolsillos?

–Yo no tengo requisitos –replicó Cordelia–. No creo en ellos.

–Anda ya –protestó Nina–. Alguno tendrás.

–Define «requisitos».

Nina inclinó la cabeza hacia un lado, pensativa.

–Condiciones innegociables y sine qua non.

–Pues no tengo –dijo Cordelia.

–No te creo, Cordelia –dijo Nina–. Así como no creo a los que dicen que nunca ven la televisión. Suena muy bonito pero es imposible, no es verdad.

Cordelia y Nina no se llevan muy bien. Bueno, no es verdad. Nina se lleva bien con Cordelia, pero Cordelia le guarda rencor por un montón de tonterías, cosa que Nina ignora por completo. Cordelia dice de Nina que es suficiente, condescendiente, manipuladora, y que cree que lo sabe todo. Nina dice de Cordelia que debería alargarse las cejas. Tiene la cara ancha y las cejas le llegan justo al rabillo de los ojos, así que Nina cree que el rostro le cambiaría si se las alargara un centímetro con el lápiz. Nina Peeble es de esas mujeres que hacen que otras mujeres se pasen mucho tiempo pensando en ella, pero no paga con la misma moneda.

–Yo no veo la televisión –señaló Victor.

–Cariño –le dijo Nina–, claro que sí. Ves el béisbol.

–¿Eso cuenta?

–A eso me refiero –dijo Nina–. Puedes decir que no ves la televisión y en realidad sí que la ves, igual que puedes decir que no tienes requisitos cuando es evidente que a la hora de la verdad sí que los tienes.

–Me imagino que no saldría con un drogadicto –dijo Cordelia–. Ni con un criminal convicto.

Nina miró a Cordelia.

–Bueno, es que tú ya has pasado por eso. Me imagino que no tienes prisa por repetir.

–¿Ya ha pasado por qué? –quiso saber Tom.

–Por un matrimonio –dijo Nina.

–No sabría decirte –dijo Cordelia–. Me gustaba estar casada. Y me gusta estar soltera. Lo que no me gustó fue lo de divorciarme. De eso podría haber prescindido.

Todos llevamos las fuentes al comedor. Era una noche en plan Sírvase Usted Mismo. Tacos, tostadas, burritos... De cuando en cuando Larry se levantaba y preparaba más margaritas. La conversación se desarrolló en tono agradable.

–No me lo puedo creer, casi se me olvida contároslo –dijo Bonnie cuando llegamos a la parte de la velada en la que daba de mamar en público. Había girado un poco la silla para apartarla de la mesa y estaba concentrada en hacer que Grace se agarrase al pecho–. Alan y Lizzie se separan.

–No –dijo Cordelia.

–¿De verdad? –dije yo.

–¿Quiénes son Alan y Lizzie? –preguntó Victor.

–Unos viejos amigos de Bonnie, de la universidad –le explicó Nina–. A ella la conocí en una fiesta.

–¿Qué les ha pasado? –quiso saber Cordelia.

Bonnie puso en antecedentes a Victor. Alan y Lizzie llevaban ocho años viviendo juntos. Alan no cree en el matrimonio y tampoco le va mucho lo de tener hijos. Ha sido así desde que Lizzie lo conoce.

–Así que están yendo a terapia de pareja –dijo Bonnie–. Lizzie ya ha renunciado a casarse. Lo único que quiere es tener un bebé. Alan va todas las semanas a la terapia, se queda allí sentado y se limita a decir «Esta vez no vas a ganar». Lizzie llora, le promete que sólo será un hijo, no dos, que ella se encargará de todo, que no le hará cambiar ni un pañal, como si se hubiera encontrado un perro por la calle y quisiera llevárselo a casa, pero Alan nada, se queda sentado y repite «Esta vez no vas a ganar». No da más argumentos.

El babero que le habían puesto a Grace en la cabeza se deslizó y por un momento todos pudimos ver el enorme pecho de Bonnie.

–¡Cariño! –dijo Larry.

–Lo siento –dijo Bonnie. Se recompuso y siguió hablando–. Llevan así seis meses, y sin cambios. Por fin Lizzie se decide a abandonarlo. Se pelean, ella llora, está delante de la puerta de casa con las maletas y ¿sabéis qué es lo último que le dice? «Tengo treinta y ocho años, no estamos casados, no tengo un hijo... ¡TÚ GANAS!».

–Uff –dijo Cordelia.

Miré de reojo a Tom. Estaba muy ocupado preparándose una tostada en miniatura.

–Y se marchó –terminó Bonnie.

–¿Adónde ha ido? –quise saber.

–Está viviendo con su hermana.

–Pobrecilla –dijo Cordelia.

–Pues qué queréis que os diga, yo no la compadezco –dijo Nina.

–¿Cómo es posible que no la compadezcas? –se sorprendió Victor.

–Vale, ya sé que es muy triste, lo reconozco. Pero hace cinco años ya se veía cómo iba a terminar eso.

–Es verdad, hace cinco años que me lo dijiste –corroboró Bonnie–. Pero no te creí.

–Sí –asintió Nina–. Ya me acuerdo. Dijiste que se querían y que saldrían adelante.

–¿Y eso qué tiene de malo? –preguntó Cordelia.

–No puedes ir por la vida como si las normas no se aplicaran en tu caso –dijo Nina. Se levantó y empezó a retirar los platos de la mesa–. No te puedes levantar una mañana y sorprenderte porque el hombre con el que convives desde hace ocho años, que no quiere casarse contigo, que toda la vida te ha dicho que no quiere tener hijos, de repente se niegue a dejarte embarazada. Vaya, esa mujer es tonta. Siento tener que decirlo, pero es verdad. Debería haberse largado hace años.

Nina se retiró a la cocina con los platos. Victor se levantó y abrió una de las ventanas. Tenía un paquete de cigarrillos en el alféizar y sacaba el brazo para fumar. De cuando en cuando asomaba medio cuerpo hacia fuera, daba una calada y expulsaba el humo al aire fresco de la noche.

–Qué raro –dijo Larry–. Siempre me pareció que estaban muy enamorados.

–Sí, pero es que con el amor no es suficiente –replicó Nina desde la cocina.

–¿Qué quieres decir? –respondió Victor también a gritos–. A mí me parece suficiente.

Nina volvió al comedor y empezó a sacar las tazas de café de la alacena.

–Y ése es uno de los motivos de que te quiera –le dijo–. Crees que el amor es suficiente. Pero lo que les ha pasado a Alan y a Lizzie demuestra que no, y cuanto antes acepten dos personas que todo se basa en el trabajo, el compromiso, el sacrificio y las concesiones, mejor. Ah, y que la única razón para aceptar todo eso es que la alternativa es de lo más negro.

–Yo me niego a aceptar eso –dijo Victor.

–No tienes por qué aceptarlo, cariño. Yo me encargo de todo de manera que puedas seguir viviendo en tu mundo feliz, pensando que con el amor es suficiente. Pero no es así. –Puso una taza de café en un platito–. El amor está muy sobrevalorado.

–Dios mío, Dios mío, que no empiece ahora con lo del sexo –rezó Victor–. No quiero estar en medio de una cena y empezar a oír a mi mujer diciendo que el sexo está sobrevalorado.

Lo cierto es que Nina Peeble piensa que el sexo está sobrevalorado. De hecho, ésa es exactamente la palabra que utiliza cada vez que sale el tema. Pero en aquella ocasión se limitó a ir hacia Victor, lo abrazó por la espalda y le dio un cálido beso en el cuello.

–Eso sí que no me lo oirás decir jamás –dijo.

Se fue a la cocina a buscar el postre y la conversación se perdió en varias conversaciones menores. Miré a Tom, al otro lado de la mesa. Traté de llamar su atención, pero estaba muy ocupado doblando y desdoblando una servilleta de papel. ¿En qué estaría pensando? ¿Cómo era posible que no tuviera nunca la menor idea de en qué estaba pensando?

Me pregunté si Nina tendría razón. Tal vez el amor no fuera suficiente, y lo cierto es que a Tom y a mí nos faltaba todo lo demás. Las concesiones y el sacrificio. El trabajo y los compromisos. La comunicación, las negociaciones y las sesiones de terapia de pareja. En aquel momento me empezó a suceder algo muy raro. Me empezaron a palpitar las sienes, me sentí mareada y, por un momento, creí que me iba a desmayar. No se trata de una hipérbole, soy de las que se desmayan. Es lo más femenino que tengo, y aunque por lo general sólo me pasa en la consulta del médico, también me ha sucedido en otras ocasiones con suficiente frecuencia como para considerarlo una amenaza real. Cerré los ojos y sentí cómo me invadía la oscuridad. Traté de concentrarme en la respiración, en apaciguar el ritmo de mi corazón acelerado, pero en mi interior seguía oyendo las palabras de Nina. El amor está sobrevalorado. El amor no es suficiente. De repente, me falló un latido del corazón: puede que no sea amor. Puede que ahí esté el problema. Tal vez al principio era amor, pero en algún punto, sin saber cómo, sucedió algo y se transformó en otra cosa.

Yo quiero el gran amor. Abrí los ojos y miré a Tom. Seguía muy atareado con la servilleta. *Y no lo voy a encontrar aquí.* Lo vi con una claridad cegadora. No importaba que al final me diera cuenta de que en la vida hay cosas peores que el hecho de que tu pareja se acueste con otra cuando sólo debería acostarse contigo, que hay cosas peores que no saber, que hay cosas peores que la humillación. No importaba que tuviera casi treinta y tres años, que los óvulos se me estuvieran avinagrando o que no quedaran hombres en Filadelfia, que no quedaran hombres en ninguna parte excepto tal vez en Alaska, con lo que tendría que ir a Alaska a buscar a un hombre y a China a buscar un bebé, lo que requería mucho tiempo en Internet y vuelos de larga distancia, dos cosas que no me gustan nada. No importaba nada de todo aquello. Lo único que importaba era que no era amor. No era el gran amor. Me di cuenta de que me podía pasar el resto de mi vida aferrada a Tom. Podía atarlo con mil nudos. Podía convencerlo de que le resultaría imposible vivir sin mí. Pero de repente veía otra opción. Podía dejarlo marchar. Y así, como si tal cosa, sentí que algo cambiaba en mi interior, algo que no se había movido desde que tenía memoria.

Fue todo tan sorprendente que me sentí como si despertara de un sueño, de verdad. Me doy perfecta cuenta de que parece un cliché muy manido, pero lo describe a la perfección. Sacudí la cabeza, volví a mirar a Tom, y fue como si lo viera por primera vez. Estaba echado hacia atrás en la silla para charlar con Victor, que seguía asomado por la ventana. Hablaban de intereses hipotecarios. La luz de uno de los candelabros de pared le daba en la nuca y el pelo rubio le brillaba. Siempre me ha encantado el pelo de Tom. Siempre que me imaginaba qué rasgos quería que heredaran nuestros hijos variaba un poco las cosas para que no resultara aburrido, pero ese rasgo lo mantenía invariable; el pelo era siempre el suyo. La nariz era siempre la mía y el pelo el suyo.

–Yo creo que con el amor debería ser suficiente –dije sin dirigirme a nadie en concreto.

–¿Perdona? –dijo Larry.

–Creo que con el amor debería ser suficiente –dije, ya en voz alta.

–Tenemos que fugarnos juntos, Alison –me dijo Victor. Lanzó una bocanada de humo al interior de la habitación–. Somos los últimos románticos que quedan.

–Nunca había sido romántica, pero me parece que voy a cambiar –dije.

Miré a Tom.

–Tenemos que irnos –añadí.

22

Tom y yo rompimos aquella noche. Fue todo muy adulto, muy maduro y muy definitivo. Creí que era lo mínimo que le debía. A la mañana siguiente a primera hora me fui a casa de Cordelia. Mi plan era quedarme con ella hasta encontrar otro empleo, y luego buscarme un apartamento propio.

–Por tu nueva vida –dijo Cordelia brindando conmigo.

–Por mi nueva vida –respondí.

Cuando llegó del gimnasio al día siguiente me encontró en su cama, en posición fetal.

–¿No me habías dicho que lo llevabas bien?

–Lo llevo bien –aseguré.

Se sentó en la cama a mi lado.

–En teoría –añadí.

Asintió con la cabeza.

–Solo tengo que ponerme a la altura de la teoría –dije.

El lunes ya tenía todas las persianas bajadas, había traído el televisor de la sala y lo había puesto sobre un baúl al pie de la cama. Estaba reclinada entre almohadones contra el cabecero y pasaba de un canal a otro sin prestar atención.

–No entiendo a la gente que dice que en la tele no ponen nada bueno –le comenté a Cordelia cuando volvió del trabajo.

Cordelia cruzó la habitación y abrió una ventana.

–Tengo una teoría –dije–. Los que dicen que en la tele no ponen nada bueno es porque no ven suficiente tele.

Cordelia se agachó para recoger unas cuantas revistas y las puso en la mesita de noche.

–Hay todo un mundo ahí dentro –dije.

De modo que, durante un tiempo, me recluí en la cama de Cordelia. He de señalar que ella lo llevó de maravilla. Su madre, cuando cumplió setenta, se había encerrado a oscuras en un dormitorio del segundo piso, de manera que mi comportamiento no la alarmó tanto como habría sido de esperar. Me hizo puré de patatas y huevos revueltos. Me compró mi capricho favorito –galletas con mermelada de arándanos– y ni siquiera parpadeó cuando una gota de mermelada fue a aterrizar sobre su edredón. No recuerdo gran cosa de nuestras conversaciones. En cambio sí que recuerdo que una noche, mientras Cordelia me daba masajes en los pies con aceite menta, pensé que empezaba a comprender por qué su madre no se había cansado de estar meses y meses en la cama. Nunca lo habría conseguido sin ella.

Me quedé en la cama horas enteras, días enteros, repasando una y otra vez lo que había sucedido entre Tom y yo, friéndome el cerebro. No dejaba de dar vueltas a la misma idea. Cuando estaba en el asiento del taxi, calendario en mano y sin saber de quién sería el hipotético bebé que llevaba dentro, había pasado una cosa: todo el rato me imaginaba las orejas de Henry. En la cabeza del bebé. Luego, con toda deliberación, me había quitado esa idea de la cabeza. Era de Tom. Me gustaban las orejas de Tom. Pero allí, tumbada en la cama de Cordelia, rememoraba el momento una y otra vez y, por extraño que parezca, me hacía sentir mejor. Ya no tendría que despertarme al lado de aquellas orejas el resto de mi vida. La verdad era que no quería pasarme el resto de mi vida con aquellas orejas. Y algo en mi interior se había dado cuenta, aunque al resto le estuviera costando lo suyo llegar a la misma conclusión.

–Estoy deprimida –le dije por fin a Cordelia.

–Estás mudando las plumas –me respondió con afecto.

–Me quiero morir.

–Estás dentro de tu capullo.

–No puedo mover los miembros.

–Eso te pasa porque estás dentro de un capullo –dijo–. No hay sitio para mover los miembros.

Y de repente, una mañana, abrí los ojos y sólo vi las motas de polvo que centelleaban al sol, y supe que había terminado. El cambio de plumas, digo. Salí de la cama y fui a ducharme. Me puse las zapatillas deportivas y salí a correr. Llamé a una empresa de empleos temporales. La mujer que me entrevistó me conocía por mi columna, y enseguida me encontró un chollo de empleo –al menos en lo que al trabajo temporal se refiere– como correctora en una agencia de publicidad, sustituyendo a una mujer en baja por maternidad («Trillizos. A los cuarenta –me dijo la mujer de la empresa cuando me telefoneó para hacerme la oferta–. Es lo que pasa con los tratamientos para la fertilidad»). Me corté mucho el pelo, cosa que resultó un error, pero también perdí cuatro kilos, así que acabó en empate.

El primer apartamento que fui a ver estaba en la acera de enfrente del de Cordelia. Era pequeño, barato y, a mis ojos, perfecto. Las ventanas eran grandes, la luz de la tarde entraba a raudales y estaba tan alto que te daba una perspectiva muy a lo Mary Poppins de los tejados, las chimeneas y las copas de los árboles. Nina Peeble me acompañaba aquel día en la búsqueda de piso, y mientras yo me maravillaba con las ventanas ella arrugaba la nariz ante los baldosines color aguacate del baño y los dos armarios de tamaño insignificante.

–No puedes vivir en un paisaje, Alison –me dijo.

Pues a mí me pareció que sí podía. Así que ahora vivo en un paisaje.

Y empecé a tener esa sensación, esa sensación maravillosa de que el mundo se empieza a abrir de nuevo, cuando te fijas en un anuncio de clases de italiano en un poste de la luz, recortas la tirita con el número de teléfono para guardártela en la cartera, y al verla de nuevo una semana más tarde no te lo piensas dos veces y llamas, y acabas pasando dos horas todos los miércoles por la noche con seis desconocidos en la parte de atrás de un café recibiendo las lecciones de Alessandro, que lleva pantalones de cuero y te llama *principessa* cuando habla contigo después de la clase. Ya saben a qué sensación me refiero. La vida, que se había encogido para adoptar unas proporciones mundanas y predecibles, de repente estaba llena a rebosar de... bueno, de vida. Compré sujetadores de encaje y botas de excursión. Tenía un libro de Keats en el baño y por fin me decidí a enfrentarme a Proust. Me leía la sección de viajes del *Sunday Times* con la intensidad de quien cree que cualquier cosa es posible en cualquier lugar. Fui a la ópera, empecé a hacer yoga y aprendí a preparar suflé de chocolate.

Nunca he vivido esta sensación tan especial cuando he tenido pareja. Sencillamente, he sido incapaz. Bueno, claro que hago cosas cuando tengo pareja –voy a comprar, cocino, hago viajes, leo libros–, pero nunca con esa sensación de que mi vida podría cambiar en cualquier momento y convertirse en otra cosa. Es un problema. Es uno de los problemas más graves de mi vida. Seguro que hay una razón, una explicación al hecho de que la vida se abra y se cierre en torno a una persona, y empecé a desarrollar una teoría al respecto pero luego me detuve. He tomado la decisión de luchar. De dejar de encogerme. De expandirme, pase lo que pase.

Unos meses después de que me mudara a mi nuevo apartamento sucedió algo que se podría calificar de inesperado. Recuerdo que en aquel momento pensé que no sabía si se trataba del final de esta historia o del principio de una nueva. Era domingo por la tarde y estaba fisgoneando en una tienda de la calle Chestnut, en la sección de libros de viajes. Una voz me llamó.

–¿Alison?

Me di la vuelta. Era Henry.

–Hola –dijo.

Se inclinó hacia delante y me dio un beso torpe en la mejilla.

–¿Cómo estás?

–De maravilla –dije–. ¿Y tú?

–Voy tirando.

–Me enteré de que habías dejado el periódico.

–Dejado, despedido... –dijo Henry–. Me imagino que la diferencia carece de sentido cuando ambas partes se están insultando a gritos en un pasillo.

–¿Le gritaste a Sid?

–Sí.

–Ojalá le hubiera gritado yo –suspiré.

–Recibimos un montón de cartas acerca de ti –dijo Henry–. Protestaban por tu despido.

Me lo quedé mirando.

–Define «montón».

–Vale –sonrió Henry–. Seis. Pero tienes seis admiradores muy leales y muy furiosos.

–Cuéntame algo de la otra –dije–. De la que me quitó el trabajo.
–¿De Mary Ellen? ¿Qué quieres que te cuente?
–No sé. –Me encogí de hombros–. Cualquier cosa que sea mala.
–No sabe escribir –dijo Henry.
–Eso, cosas así.
–Y le gusta arrancarles la cabeza a los gatitos.
–Una más, por favor –pedí.
–En el fondo es una persona patética e insegura –dijo Henry–. De verdad, da lástima.
–No soporto esas cosas, ¿sabes?
–¿Qué cosas?
–Lo de que ser patético e inseguro sirva como excusa para cualquier cosa –dije–. O sea, yo soy patética e insegura. No conozco a nadie que no sea patético e inseguro.
–Tienes toda la razón. Mary Ellen es mala y ya está.
–Y carece de talento –señalé.
–Por completo.
Henry sonrió.
–¿Qué? –pregunté.
–Nada –dijo.
–¿Por qué sonríes?
–No lo sé. Sonrío, ya está.
–Bueno, ¿y ahora qué vas a hacer?
–No lo sé –dijo–. Tomarme un descanso. Reconsiderar.
Me enseñó el montón de guías de viajes que llevaba: Tailandia, Nepal, Camboya y Tíbet.
–Le dije al dependiente que quería ir a algún lugar barato donde la gente vistiera largas túnicas naranjas –dijo–. Por lo visto tengo que concretar más.
–¿Buscas montañas y caminatas o playas y putas? –pregunté.
Fingió un suspiro burlón.
–Me quedaré con las caminatas.
Le quité las guías de Tailandia y Camboya y las volví a poner en la estantería.
–Ya está –dije–. Ya has concretado más.
–¿Tú vas a alguna parte?

Asentí.

–A Italia. Dentro de dos semanas.

–¿Por qué a Italia? –preguntó Henry.

Opté por decirle la verdad.

–Me recompenso a mí misma por no haberme acostado con mi profesor de italiano.

Se echó a reír.

–Era un tío... no sé –dije–. Sexy y raro. Sentía curiosidad. Pero luego me di cuenta de que lo sexy era la parte italiana y lo raro era él.

Henry me preguntó si quería tomar un café. Le dije que sí. Pagamos nuestros respectivos libros y fuimos a una pequeña cafetería. Pasamos mucho rato charlando.

Cuando salimos ya había oscurecido. Henry me dio la mano al cruzar la calle con el semáforo en rojo, y al llegar a la otra acera no me la soltó.

Era una noche clara, despejada, la luna llena brillaba en el cielo. No sabía adónde íbamos, pero tampoco importaba porque los cerezos habían florecido por fin, y el aire olía al último fuego de alguna chimenea. Yo sólo quería contemplar la luna. Sólo quería alzar el rostro hacia la luna, serena, como una flor al sol.

Título de la edición original: *The Big Love*
Traducción del inglés: Cristina Macía Orio
Diseño: Eva Mutter
Ilustración: Gonzalo Cutrina
Foto de solapa: © Opale

Círculo de Lectores, S. A. (Sociedad Unipersonal)
Travessera de Gràcia, 47-49, 08021 Barcelona
www.circulo.es
1 3 5 7 9 4 0 0 4 8 6 4 2

Licencia editorial para Círculo de Lectores
por cortesía de Eights Sisters, Inc.

Depósito legal: B. 1086-2004
Fotocomposición: Víctor Igual, S. L., Barcelona
Impresión y encuadernación: Printer industria gráfica, s. a.
N. II, Cuatro caminos s/n, 08620 Sant Vicenç dels Horts
Barcelona, 2004. Impreso en España
ISBN 84-672-0311-0
N.º 23978